―― 長編官能小説 ――

# 人妻捜査官
## けがされた熟肌
〈新装版〉

甲斐冬馬



竹書房ラブロマン文庫

# 目次

# 第一章　壊された結婚生活

1

「うん、美味《おい》しそう」

倉科美奈子《くらしなみなこ》は朝食を食卓のテーブルに並べると、ふんわりとした黒髪のロングヘアを揺らして微笑んだ。

スクランブルエッグとカリカリに焼いたベーコンが皿にのっている。新鮮なトマトがたっぷりのサラダとクロワッサン、フレッシュオレンジジュースと濃いめに淹《い》れたブラックコーヒー、どれも夫の好物ばかりだ。

結婚して一年経つが、まだ新婚気分が抜けきっていない。こうして愛する人のために尽くしていると、心から喜びを感じることができた。

今日の美奈子は、淡いピンクの長袖《そで》カットソーにベージュのフレアスカートを穿《は》いている。

今年で三十一歳になり、人妻らしい熟れた身体になってきた。胸もとは大きく膨《ふく》らみ、腰はしっかりとくびれている。スカートの尻には、むっちりとした丸みが浮かびあがっていた。

結婚を機に仕事を辞めて家庭に入り、郊外の新興住宅地に建てた家で幸せに暮らしている。ささやかでも仲睦まじく、穏やかな日々を送りたい。夫婦二人で過ごすのが、なによりも楽しい時間だった。

今でこそ平凡な専業主婦の美奈子だが、周囲には秘密にしていることがある。

じつは結婚する前は刑事だった。しかも、エリート中のエリートである特殊捜査官として、湾岸北署刑事課零係《ぜろがかり》に籍を置いていた。

零係とは公安とも深い繫《つな》がりがある極秘の部署である。全国の警察署の数ヵ所に設置されているが、その実態を知る者はごく少数しかいない。凶悪犯罪組織への潜入など、非合法な捜査を秘密裏に行う機密機関だ。

美奈子は冷静沈着で優秀な捜査官だったが、一年前にコンビを組んでいた先輩捜査官、倉科貴也《たかや》と結婚して退職した。

貴也は六つ年上の頼れる先輩で、長いことコンビを組んでいる間に気心が知れていった。命を救われたこともあれば、反対に彼を助けたこともある。なにしろ、常に危険と背中合わせの職場だ。コンビで捜査をしているうちに自然と、恋愛感情が芽生えていた。

プロポーズされたとき、「仕事を辞めて、家を守ってほしい」と言われて引退を決意した。危険な仕事をつづけさせたくなかったのだろう。同じ捜査官である美奈子には、彼の気持ちが痛いほどわかった。

仕事にプライドを持っていた美奈子はしばし悩んだが、最終的に愛する人との生活を選んだ。とはいえ、家庭に入ることに不安がなかったと言えば嘘になる。

特殊捜査官として、普通とは異なる過酷な生活を送ってきた。今さら専業主婦になれるのか、正直なところ自信がなかった。

しかし、いざ結婚生活がはじまると、瞬《また》く間に不安は消し飛んだ。今は大切な人を支える喜びを感じている。

夫は忙しいけれど充実した毎日だ。愛する人ができたことで、以前よりやさしくなった自分を感じていた。夫からも「表情が柔らかくなったね」と言われて、少し恥ずかしかったけれど嬉しかった。こんなに主婦業がしっくりくるなんて、自分でも意外だった。

「おっ、スクランブルエッグか」

顔を洗った貴也が、リビングに入ってきた。

白いワイシャツに濃紺のネクタイを締めて、グレーのスラックスを穿いている。仕事のできる精悍《せいかん》なビジネスマンといった雰囲気で、実際近所の人たちはそう思いこんでいるようだった。

だが、よく見るとワイシャツの胸板はぶ厚く、目つきは刃物のように鋭い。常に周囲を警戒しており、一瞬たりとも気を抜くことはなかった。

「出張前だもの。貴也さんの好きな物ばかりにしました」

美奈子は意識して明るく語りかけた。

夫は神経を磨《す》り減らす仕事をしている。せめて家にいるときくらいはリラックスさせてあげたい。それが妻の務めだと思っていた。

「朝から食べ過ぎちゃいそうだな」

貴也がおどけながら席に着く。美奈子も向かい側の椅子に腰をおろした。

「たくさん作ったんだから、残さず食べてね」

こんな台詞《せりふ》もさらりと出てくるようになった。

夫は捜査官として多忙を極めているが、引退して主婦業に専念する美奈子の心は穏やかだ。常に死を意識していた生活が、遠い昔の記憶になりつつあった。

「俺がいない間、戸締まりには気をつけろよ」

貴也はいつもの口癖をつぶやき、スクランブルエッグを口に運ぶ。とくに出張で留守にするときなど、家が狙われないか心配しているようだった。

「はい、わかってます」

こういうとき、美奈子は穏やかに応じるようにしていた。

仕事のことは、いっさい聞かないと決めている。気にならないと言えば嘘になるが、家では肩から力を抜いてほしい。それに、零係の内部情報はたとえ家族でも話してはならない規則だった。

だから、一泊の予定で出張する貴也の行き先は、例によって知らされていない。明日の夜に帰宅するということしか聞いていなかった。

「わたしも三十一だし、そろそろだと思うのよね」

美奈子はふと切り出した。

なぜ朝の慌ただしい時間に言う気になったのか、自分でもわからない。なんとなく、今のうちに話しておかなければという気持ちになった。

最近の夫を見ていて不安になったのかもしれない。平静を装《よそお》っているが、いつになくピリピリしているのがわかる。きっと大きな事件の捜査をしているのだろう。長年コンビを組んでいたのだから、彼の精神状態は雰囲気で感じることができた。

「ねえ、貴也さんもそう思うでしょ？」

「ん……なにがだい？」

クロワッサンを頬張っていた貴也が、不思議そうな目を向けてくる。

「だから……そろそろ、欲しいかなって」

「欲しい物があるのか？」

捜査官としては超一流の夫だが、女心を見抜く能力に関しては三流以下だった。

「もう……」

わざと拗《す》ねた振りをしてつぶやくと、貴也はようやく気づいたらしい。慌てて取り繕《つくろ》うような笑顔を向けてきた。

「じょ、冗談だよ。忘れるわけないだろう」

「本当？」

忘れていたのは見えみえだが、あえてそこは追及しない。仕事のことで頭がいっぱいなのに、思いだしてくれただけでも嬉しかった。

じつは少し前から、そろそろ子供が欲しいという話をしていたのだ。

「出張から帰ったら……な？」

やり手の特殊捜査官である貴也が、妻の機嫌をうかがっている。それが、なんだかおかしくて、美奈子はついつい口もとをほころばせた。

「ええ……そうね」

返事をしながら頬を赤らめる。朝だというのに、夫に抱かれる自分の姿を想像してしまった。そして、その想像だけで、身体の芯が熱くなるのを感じていた。

「あっ、もうこんな時間だ」

貴也がはっとして立ちあがる。美奈子も慌てて席を立ち、玄関に向かう夫を追いかけた。

「じゃあ、行ってくるよ」

「気をつけて」

軽く口づけするのが習慣になっている。美奈子が心のなかで夫の安全を祈ると、貴也は安心させるように頷《うなず》いてから出かけていった。

2

夫が出張に出かけてから二日が経っていた。

美奈子は不安な気持ちを抑えこみ、部屋の掃除をしていた。

家事に没頭することで心を落ち着かせようとするが、なかなか思ったようにはいかなかった。

予定では昨夜帰宅するはずだった夫が、昼過ぎになってもまだ戻っていない。

零係の捜査官なのだから、こういうことは日常茶飯事だ。潜入捜査など特殊な任務に就いているときは、連絡できないことがあるのもわかっている。自分自身が何度も経験してきたことだった。

しかし、虫の知らせとでも言うのだろうか。歯車が微妙にずれているというか、なにかがいつもと少し違う感じがする。夫の身になにかあったのではと気になって仕方がない。こういうとき、捜査官時代だったら相棒として動くことができるが、ただ待つことしかできない専業主婦はつらすぎた。

（あなた、無事でいて……）

リビングに掃除機をかけながら、夫の顔を思い浮かべる。

今日の美奈子は、白地に小花を散らした模様のブラウスに、淡い水色のフレアスカートを穿いている。疲れて帰ってくるであろう夫のために、少しでも明るい色合いの服装を心がけた。

そのとき、インターフォンのチャイムが響き渡った。

夫が帰ってきたのかもしれない。

すぐに掃除機を切り、壁に設置されたインターフォンの液晶画面を覗きこむ。ところが、期待は一瞬にして落胆に変わっていた。

画面に映っていたのは、ブルーの作業ジャンパーを着た宅配業者の男だった。段ボール箱を抱えており、帽子を目深《まぶか》に被っていた。

「はい……」

『こんにちは、宅配便です。お届け物です！』

やたらと元気な声が聞こえてくる。美奈子は気を取り直すと、印鑑を手にして玄関に向かった。

玄関は昼間でもしっかり施錠して、必ずドアチェーンもかけている。貴也はいつも戸締まりのことを気にしていた。解錠していると、またしても夫のことを思いだしてしまう。

（今夜は帰ってきてくれたらいいけど……）

そんなことを考えながらドアを開ける。その瞬間、いきなり黒覆面を被った三人の男が押し入ってきた。

「な……なに？」

左右から腹部に硬い物を押しつけられる。この感触は銃口に間違いない。正面の男も銃を構えており、後ろ手にドアを閉めて鍵《かぎ》をかけた。

「だ、誰なの？」

予想外の事態だった。平和な生活に身体が慣らされていた。そのうえ夫のことばかり考えていて、すぐに対処できなかった。

「抵抗するなよ。鉛《なまり》の弾《たま》をぶちこまれたくないだろう？」

正面の男が声をかけてくる。どうやら、この男がリーダーらしい。

「いいか、動くんじゃないぞ」

男は背後にまわりこむと、美奈子の両腕をひねりあげる。そして、あらかじめ用意していた手錠を、素早く手首に嵌《は》められてしまった。

(くっ……いったい、何者?)

美奈子は動揺しながらも、相手のことを注意深く観察した。

三人とも宅配便のジャンパーを着ているのは、住宅街で目立たないようにするためだ。下はジーパンだが、宅配業者を装うという目的は充分に果たしていた。

男たちが手にしている拳銃は、おそらくコピー品のトカレフだ。大量に出まわっており、金さえ出せば入手するのはむずかしくない。この銃から男たちを特定するのは困難だろう。

それにしても、不用意にドアを開けてしまったことが悔《く》やまれる。現場を離れて一年が経ち、すっかり鈍《にぶ》っていた。

特殊捜査官を養成する訓練学校時代に、実戦的な格闘術を身につけている。現役時代なら、三人の男が相手でも一瞬で倒せただろう。ところが、完全に不意を突かれたのに加えて、拳銃を所持しているとなると話は違った。

向こうには銃が三丁ある。圧倒的に不利な状況だ。迂闊《うかつ》な行動は墓穴を掘ることになる。とにかく、彼らの目的が知りたかった。

単なる強盗ではないだろう。事前にシミュレーションを重ねたのか、侵入の手際は完璧だった。美奈子が元刑事だとわかっていて襲撃したのか、いや、もしかしたら貴也を狙ったということも考えられる。

いずれにせよ、予断を許さない状況だ。ひとまず従順になった振りをして、相手の出方を見るしかなさそうだ。

「ゆっくり歩け。奥に行くんだ」

銃を突きつけられて、廊下を歩かされた。

常に三つの銃口が向けられている。後ろ手に手錠をかけられた状態で、拳銃を持った三人を相手に反撃するのは自殺行為だ。

「う、撃たないで……」

普通の主婦であるかのように、怯《おび》えた声でつぶやいてみる。こうして逆転のチャンスを待ちながら、どんな小さなことでもいいので、相手から情報を引きだすつもりだった。

「俺の言うとおりにすれば殺しはしねえよ。ほら、歩くんだ」

リーダーの男が銃を突きだしてくる。美奈子は頬の筋肉を意識的にひきつらせる迫真の演技で、背後をちらりと振り返った。

「お、お金なら渡しますから、命だけは……」

「前を向け！」

「は、はいっ」

肩をすくめて前を向き、命じられるまま歩を進めた。

金銭が目的ではないのだろうか。声に聞き覚えはない。声質から判断すると、三十代前半といったところか。背格好は平均的で目立った特徴もない。黒覆面から目と口が見えているが、記憶のなかの人物とは一致しなかった。

他の二人も初対面だ。しかも、激しい殺意や復讐心は伝わってこない。これらの情報から推察するに、おそらく過去に検挙した犯罪者との繋がりは希薄だろう。

(怨恨《えんこん》の線は薄い。でも、ただの物盗りじゃない。なにかおかしいわ)

ゆっくりと廊下を進んでドアの前を通るたび、リーダーの男がいちいち部屋のなかを確認する。

どうやら、なにかを捜しているらしい。

納戸《なんど》にリビング、トイレやバスルームまでチェックする。そして、夫の書斎のドアを開けたとき、男たちの様子に微かな変化が現れた。ほんの一瞬だが、互いに視線を交わし合ったのを美奈子は見逃さなかった。

夫の現在の捜査と関係しているのだろうか。

貴也の任務についてはまったく知らないので、これ以上は予測できない。いずれにせよ、自力でこの状況を打開しなければならなかった。

さらに歩かされて、ついに廊下の一番奥にある寝室の前まで来てしまった。

「ほう、ここは寝室か」

リーダーの男はドアを開けると、粘りつくような目を向けてくる。

「ちょうどいい、入れ」

背中を小突かれて、美奈子は夫婦の寝室に連れこまれた。

窓にはレースのカーテンがかかっているだけで室内は明るい。他人が入ることなどまずない夫婦の寝室に、見知らぬ三人の男が入りこんでしまった。

「へえ、奥さん、ここでセックスしてるのか」

男の下品な声が聞こえてくる。それだけで、寝室の空気が穢《けが》される気がした。

部屋の中央にはダブルベッドが置かれている。美奈子と貴也が毎晩眠り、そして愛を育《はぐく》んできた場所だった。

「ベッドに乗るんだ。早くしろ」

背中を押されて、ふらふらと歩み寄る。銃を突きつけられているので拒むわけにはいかず、ダブルベッドにあがるしかなかった。

「横になれ。仰向《あおむ》けだ」

「ら、乱暴なことしないでください」

弱々しい声は演技だが、胸の奥には嫌な予感が湧きあがっている。

こういう場合、囚《とら》われた女が辿《たど》る道はひとつしかない。犯罪行為に手を染めて興奮状態にある男たちは、女という獲物を前にして獣性を露わにする。か弱い女は、為《な》す術《すべ》もなく徹底的に犯される運命だった。

捜査官時代、多くの被害者に接してきた。レイプされた女性に事情を聞くたび、胸が張り裂けそうになった。

（なんとかしないと……）

このままでは自分が被害者になってしまう。

美奈子はベッドの上で仰向けになった状態で、周囲をさっと見まわした。三人の男たちは、ベッドを三方から取り囲むように立っている。それぞれ手には拳銃を握っており、銃口をしっかりと向けていた。

先ほどから観察していて、ひとつ気づいたことがある。男たちは銃器の扱いにさほど慣れていない。まったくの素人ではないが、人間を撃ったことはないようだ。その証拠に三人とも銃口が微かに震えていた。

この場合、慣れていないほうが危険だった。美奈子が少しでもおかしな行動をとれば、誰かが即座にトリガーを引くだろう。威嚇《いかく》射撃をする余裕などないから、いきなり致命傷を与えられる可能性が高かった。

(しばらく大人しくしているしかないわね)

怯えて抵抗できない振りをして、敵が隙を見せるのを待つしかない。中途半端に反撃すると命取りになりかねなかった。

「な、なにをするつもりですか?」

「せっかくだから、仕事の前に楽しませてもらうか」

リーダーの男がブラウスの胸もとを見つめてくる。すると、他の二人の男たちも、無遠慮な視線を這《は》いまわらせてきた。

「くっ……」

思わず身をよじりたくなるのを懸命にこらえる。下手な動きが相手を刺激するかもしれない。それに、三人の姿を同時に視界に捕らえていないと危険だった。

足もとから、リーダーの男がベッドに這いあがってくる。右側と左側からも、別の男たちがあがってきた。三人はまるで獲物に群がる肉食獣のように、四つん這いになって近づいてくる。

「こ、来ないで」

美奈子はダブルベッドの中央で身をすくめるしかない。後ろ手に手錠をかけられた状態で、逃げも隠れもできなかった。

「いい女だなぁ」

「早く犯《や》りましょうよ」

両側から迫ってきた手下の男たちが、目を異様にギラつかせながら胸もとに顔を寄せてきた。

「や、やめて、離れてください」

「ううん、いい匂いだ」

「たまんねえや、早く突っこみてぇ」

鼻先がブラウスの膨らみに触れる寸前まで接近して、クンクンと匂いを嗅がれてしまう。黒覆面を被った見知らぬ男たちの、興奮した息遣《いきづか》いが気色悪かった。

「い、いや……いやです」

とてもではないが黙っていられない。飛び起きて逃げだしたいが、三人のうちの誰かが常に銃口を向けていた。

「おまえら、慌てるなよ」

リーダーの声が、足もとから聞こえてくる。トカゲのように這ってきて、下半身に覆い被さった。そして、フレアスカートの股間に顔を寄せると、やはり鼻を鳴らして匂いを嗅ぎはじめた。

「ほう、人妻のいやらしい匂いがするぞ」

「ひっ……や、やめてください」

胸と股間に顔を近づけられて、生きた心地がしない。これからどんなことをされるのか、考えただけでも恐ろしかった。

「おっ、ここはちょっと汗の匂いがするな」

右側の男が腕の付け根に鼻先を近づけてくる。後ろ手に拘束《こうそく》されているので腋《わき》は閉じているが、それでもおぞましいことに変わりはない。思わず顔を背けると、左側の男も同じように顔を寄せてきた。

「そ、そんなところ……」

「どれどれ……なるほど、ちょっと甘酸っぱいな」

ブラウスの上から男の息が吹きかかる。

朝から部屋の掃除をして身体を動かしていたので、多少は汗を掻《か》いているかもしれない。その匂いを指摘されるのは、女として耐え難いことだった。

「いやっ、もういやです」

思わず本気で訴える。もちろん、そんなことで男たちがやめるはずもない。それどころか、嫌がる反応を楽しむように、ますます鼻を鳴らしてくる。

「こっちも汗を掻いてるのか？　いや、汗というより、牝《めす》の匂いだな」

股間に顔を寄せたリーダーの男が、わざとからかいの言葉を浴びせかけてきた。

「ううっ……本当にやめてください」

美奈子はフレアスカートのなかで、内腿《うちもも》をぴったりと閉じ合わせる。少しでも股間をガードしようと必死だった。

(こんな男たちに……)

自分の置かれている状況が信じられない。特殊捜査官として数々の凶悪犯罪者を検挙してきたのに、こんな辱《はずかし》めを受けるのは屈辱以外の何物でもなかった。

「本当に美人だな。たまには、こういう楽しみもないとな」

リーダーの男がさらに這いあがってくる。美奈子の上で四つん這いになり、完全に覆い被さった状態だ。

「俺は奥さんみたいに綺麗《きれい》な女を苛《いじ》めるのが趣味なんだよ」

「や……」

黒覆面の顔が間近に迫り、美奈子は思わず唇をわななかせた。

男の生温《なま》かい息が顔に吹きかかる。気持ち悪くて顔を背けると、いきなりブラウスの上から乳房を鷲摑《わしづか》みにされた。

「ひっ！　さ、触らないでっ」

反射的に身をよじる。その途端、左右の男たちが頭に銃口を突きつけてきた。

「奥さん、あんまり暴れないでくれよ。こいつらは血の気が多いから、簡単に銃をぶっ放すぞ」

「わ、わかったから……撃たないでください」

掠《かす》れた声で懇願《こんがん》する。ここは従順に振る舞い、男たちを油断させることがなにより重要だった。

「大人しくしてれば、悪いようにはしないさ」

リーダーの男は満足したように笑うと、拳銃を枕もとに置いた。

多少は気を緩めたようだが、二人の手下たちは銃を手にしている。まだ反撃できる状態ではなかった。

「ほう、結構でかいじゃないか」

両手で双乳を揉《も》みあげられる。ブラウス越しとはいえ、男の指が無遠慮に食いこんでくるのが不快だった。

「ううっ……い、いやです」

赤の他人に身体をまさぐられる嫌悪感は強烈で、思わず男の股間を蹴りあげたい衝動に駆られてしまう。しかし、頭には二丁の拳銃が突きつけられていた。

「Dカップ、いや、Eカップはあるか？」

男は勝手に予想しながら、乳房をこってりと揉みまくる。それを左右の男たちに見られているのが、余計に屈辱感を煽《あお》っていた。

「ど、どんな感じですか？」

「俺にも揉ませてくださいよ」

まるで餌を目の前に置かれて、おあずけを食らわされている犬のようだった。涎《よだれ》を垂らさんばかりに、息をハアハアと荒らげていた。

「よし、いいぞ」

リーダーの合図で、左右の男たちが拳銃を持っていないほうの手を伸ばしてくる。ブラウスの上から乳房を握り、好き放題に揉みまわしてきた。

「ああっ、や、やめてください！」

「これは揉みごたえがあるな」

「おほぉっ、柔らけぇ」

二人の男の指が、異なるリズムで双《ふた》つの膨らみに食いこんでくる。グニグニと形を変えられ、弄《もてあそ》ばれるのが悔しくてならない。

「い、いやっ……ううっ」

こらえきれない呻《うめ》きが漏《も》れるが、身体は仰向けの状態で硬直している。銃口を向けられているので、じっとしているしかなかった。

「どうせなら生で触りたいよな」

「早く剝《む》いちゃいましょうよ」

男たちが乳房を揉みながら恐ろしいことを口走る。すると、リーダーが黒覆面から覗く口もとをニヤリと歪めた。

「そうだな。そろそろ、奥さんの裸を拝ませてもらおうか」

ブラウスのボタンに指がかかった。

「ま、待ってください」

震える声で懇願するが、当然のように無視される。ボタンを上から順にゆっくりと外されて、襟《えり》もとが左右にはらりと開かれた。

「ああっ……」

「うおっ！」

雪白の肌と淡いピンクのブラジャーが露出して、美奈子の絶望の呻きと男の歓喜の叫びが重なった。

「これは……」

「す、すげ……」

左右の男たちも、身を乗りだして覗きこんできた。

寄せられた乳房が見事な渓谷を作りだしている。谷間は悩ましいほど深く、白い双璧はじつに柔らかそうだ。ブラジャーの精緻なレースが、肌理《きめ》の細かな柔肌をより魅力的に彩《いろど》っていた。

「み……見ないでください」

ボタンがひとつずつ外されるたび、ブラウスがさらに開いていく。これまで感じたことのない羞恥心がこみあげて、顔がカァッと熱くなった。

「これは極上だな。たっぷり楽しませてもらえそうだ」

ついにブラウスの前が完全に開かれた。

乳房はブラジャーのカップからこぼれそうなほど大きく、腰は滑らかな曲線を描いてくびれている。白くて平らな腹には、縦長の清楚な臍《へそ》が見えていた。

（まさか、こんなことが……）

美奈子は思わずゆるゆると首を振りたくった。

現役捜査官時代は大きすぎる乳房を煩《わずら》わしく感じたこともある。ところが、愛する人ができてからは、自分の身体を大切にするようになった。夫にやさしく愛撫されるたび、女に生まれた悦《よろこ》びを感じていた。

それなのに、大切な身体を薄汚い男たちに嬲《なぶ》られている。これほど悔しく、またつらい経験をしたことはなかった。しかし、悲しみに暮れる美奈子を見おろして、男たちの欲望はさらに膨れあがっていた。

「早くブラジャーを取ってくださいよ」

「人妻のナマ乳……ううっ、興奮してきた」

この状態でも恥ずかしいのに、ブラジャーを取られるなんて考えられない。逃げだしたいが、銃口はしっかりと向けられていた。

「こういうのは順序があるんだ。まずは邪魔なスカートを脱がすぞ」

サイドファスナーがおろされる。そして、リーダーの手によって、スカートがズルズルと引きさげられてしまう。

「ま、待って、脱がさないで」

黙っていられず懇願するが、聞き入れられることはない。どうすることもできないまま、スカートを足もとから抜き取られた。

「ああっ、ダメっ」

美奈子の悲痛な声が、寝室に虚《むな》しく響き渡った。

ストッキングを穿いていないので生脚だ。太腿をどんなに強く閉じても、淡いピンクのパンティが張りついた恥丘は隠しようがない。卑猥な視線が這いまわるのを感じて、それだけで身体を穢されていくような気がした。

「おい、見てみろ。美味《うま》そうな身体だ」

「こいつは、なかなか」

「たまんねぇや」

リーダーが感嘆の声を漏らせば、他の二人も生唾《つば》を呑みこんだ。

血走った目が全身を舐《な》めまわしてくる。息遣いも荒くなっており、いつ輪姦がはじまってもおかしくなかった。

「こいつは邪魔だな」

リーダーの手により、かろうじて肩にかかっていたブラウスが剝きおろされる。手錠をかけられた手首にからまり、女体に纏《まと》っているのはブラジャーとパンティだけになってしまった。

レースのパンティはカットが深く、恥丘の膨らみをきわどい感じで覆っている。ともすれば陰毛が溢れだしてしまいそうだ。そのことに気づいた途端、羞恥と恐怖がむくむくと頭をもたげはじめた。

「い、いや……いやよ」

美奈子は弱々しくつぶやき、下着姿に剝かれた身体をくねらせた。

夫婦の寝室で、見知らぬ男たちに服を脱がされている。人妻として幸せに暮らしていた美奈子にとって、あまりにも惨《むご》すぎる現実だった。

「なんだ奥さん、顔が真っ赤じゃないか」

リーダーの男が再び覆い被さり、顔を覗きこんできた。そして、黒覆面から唇を突きだして顔を近づけてくる。

「ひいッ！」

慌てて顔を背けると、タラコ唇が頬にブチュッと密着した。

危うくキスされるところだった。寸前で回避したとはいえ、頬に触れられた汚辱感は強烈だ。寒気がして全身に鳥肌がひろがった。

「い、いやっ、やめて、離れてっ」

とてもではないが、じっとしていられない。あまりにも気色悪くて、全力で身をよじっていた。

「ふふっ、いいぞ。少しくらい抵抗してくれたほうが楽しめる」

男たちは美奈子が嫌がる様を楽しんでいる。銃は構えているが、もう反撃されることはないと思っているのだろう。

(もう少し……もう少しの辛抱よ)

美奈子は心のなかで自分自身に言い聞かせる。男たちが油断して、三人とも銃を置いたときがチャンスだった。

「口にキスさせろよ」

「い、いやです……くっ」

顎に手を添えられたと思ったら、再び男の唇が迫ってくる。またしても懸命に顔を背けるが、今度は反対側の頬に吸いつかれてしまった。

「ううっ……」

こうしてキスを躱《かわ》している間に、両側から二人の男たちが手を伸ばしてくる。

「ひっ！　ま、待って」

無防備の脇腹を指先でスッと撫でられて、身体が敏感に跳ねあがった。

軽く触れられただけでもおぞましい。くすぐったさと気色悪さが混ざり合い、不快感のうねりとなって四肢の先までひろがっていく。急激に体温が上昇して、全身の毛穴から汗が噴きだした。

「い、いやっ、触らないで」

「人妻だけあって、感度はいいみたいだな」

「これなら、前戯だけでイクんじゃないか」

じっとりと汗ばんだ脇腹を撫でまわされる。さらにはリーダーの手が、ブラジャーの上から乳房に重なってきた。

「あぅっ！」

「ここも揉んでやろう。気持ちよかったら声を出してもいいんだぞ」

カップごと柔肉を揉みしだかれる。ブラウスがなくなったことで、嫌悪感は何倍にも膨れあがっていた。

「やめて……ああっ」

抗議しようとするが、途中から喘ぎ声のようなものに変わってしまう。布地越しに乳首を探り当てられて、指先でカリカリと刺激されたのだ。電流にも似た刺激がひろがり、乳房の芯が熱くなった。

「はううっ、そ、それ……いやです」

「そうか、これが感じるんだな」

リーダーの声が弾《はず》み、弱点を見つけたとばかりに双乳の頂点ばかりを重点的に責めたててきた。

「ひっ、やっ……ううっ、そこはやめて」

「ふふっ、無理するなって、乳首が好きなんだろう？」

男の手つきは意外にも繊細だった。

布地を掻くように刺激してきたと思ったら、今度は円を描くように撫でまわし、さらには軽く弾《はじ》いてくる。ひとつの刺激に慣れさせないように、次々と新しい愛撫を施してきた。

「あっ、いや……ンンっ」

「感じてきたな。もっとしてほしいか？」

「そ、そんなはず……あンっ！」

ブラジャーの上から乳首を摘《つま》まれて、思いがけず甘い声が溢れだした。

「誤魔化したってわかるんだよ。ほら、こんなに硬くなってるぞ」

「あううっ、ち、違うわ……」

愛情の欠片《かけら》もない男に触られたところで感じるはずがない。乳首が硬くなっているのは、条件反射的な肉体の反応でしかなかった。

「この肉づき、やっぱり人妻だよな」

「おおっ、スベスベして気持ちいい」

両サイドの男たちが、太腿へと手のひらを滑らせてきた。

むっちりした肉感を楽しむように、ねちねちと撫でまわしてくる。妙に粘つく手のひらの感触が、絶叫したくなるほど気持ち悪かった。

「ひっ、触らないで……ひいっ」

美奈子が嫌悪の声をあげるほど、男たちの愛撫は加速する。膝から腰にかけてを何度も撫でられて、股間をガードしようと内腿を懸命に閉じ合わせた。しかし、そうやって内股になっても、太腿は無防備に晒《さら》されたままだった。

「嬉しいくせに、いやがってる振りするなよ」

「本当はもっとしてほしいんだろう?」

「やめて……ああっ」

「無理するなって。なにしろ人妻だからな」

「アソコはもうグチョグチョになってるんじゃないか?」

神経を逆撫でする言葉をかけられ、左右の太腿をまさぐられる。指先が腰のパンティラインを掠めるたび、いつ股間に潜りこんでくるかとはらはらした。

「俺、もう我慢できねえよ」

「お、俺も、早く突っこみましょうよ」

男たちが欲情剝きだしの声をあげる。人妻の身体をまさぐったことで、獣性を昂《たか》ぶらせているのは明らかだった。

(もういやよ、こんなこといつまで……)

これほどの不快感は、かつて味わったことがない。激しい羞恥《しゅうち》と汚辱感が膨らみ、全身にじっとりと汗が浮かんでいた。

「も、もうやめて、本当に、ああっ、お願い」

なにを言っても無駄だった。懇願するだけ屈辱感が募っていく。男たちの愛撫は加速し、布地越しに乳首を摘まれ、太腿を執拗に撫でまわされた。

「ああっ、いやっ、あああっ」

敵が拳銃を手放す瞬間を待ちつづけているが、いっこうにチャンスは訪れない。リーダーは早々に枕もとに拳銃を置いたが、あとの二人は意外にも警戒心が強く、常にトリガーに指をかけたままだった。

場慣れしていない小心者のほうが、銃器に頼る傾向が強い。この様子だと、下《した》っ端《ぱ》の二人は最後まで拳銃を放さないかもしれなかった。

（これ以上は、もう……）

そろそろ我慢の限界だった。いずれにせよ、このまま男たちの好きにさせていたら、輪姦されるのは目に見えていた。

こうなったら一か八かの賭けに出るしかない。美奈子がそう決意したとき、ふいにリーダーの男が乳房から手を離して体を起こした。

3

「ここからは俺がひとりで犯る」

リーダーが唐突に宣言した。

当然ながら手下の男たちは不満げだ。黒覆面をしていても、目や唇の動きでおよその精神状態が把握できる。すぐには動こうとせず、美奈子の太腿を名残惜しそうに撫でまわしていた。

「順番に犯らせてやる。おまえたちは、先に例の物を捜してこい」

どうやら、はっきりとした力関係があるらしい。リーダーが語気を強めると、二人の男は渋々といった様子でベッドからおりた。

「じゃ、捜してきますけど……」

「本当に犯らせてくださいよ」

下っ端の二人は、未練たらたらといった様子で寝室から出ていった。

これで寝室に残っているのは、後ろ手に手錠をかけられた美奈子とリーダーの男だけだ。しかも、寝室のドアを閉めてくれたので、多少なら物音を立てても気づかれることはないだろう。

(待った甲斐があったわ)

美奈子は下着姿で仰向けになったまま、心のなかでつぶやいた。

ようやく待ちに待ったチャンスが訪れようとしている。彼らがなにを捜しているのかは知らないが、手下の男たちが戻ってくるまでが勝負だ。

リーダーは完全に油断している。とはいえ、枕もとの拳銃を握られたら勝ち目はない。一瞬の判断ミスが死に直結する。絶対に失敗は許されなかった。

「邪魔な連中がいなくなったところで、本格的に楽しませてもらうか」

男は黒覆面の下でニヤリと笑い、美奈子の下半身に覆い被さってくる。そして、パンティが張りついた恥丘に頬擦りをしてきた。

「や、やめて……」

「ふふっ、怖がることはない。すぐに気持ちよくしてやるから」

男は美奈子の膝のあたりにまたがっている。体重が乗っているので、蹴りあげることは不可能だ。やがて、恥丘に鼻先を押しつけて、グリグリと圧迫してきた。

「あうっ、い、いや……」

「欲しくなってきたんだろう。ここが疼《うず》いてるんじゃないのか？」

「ンっ、そんなこと……ンンっ」

気色悪いだけだが、男は執拗に恥丘を刺激してくる。こんなことをしていたら、下っ端たちが戻ってきてしまう。のんびりしている時間はなかった。

「ああっ、もう……ね、ねえ……」

わざと甘えた声を出して、男の顔を見おろした。さらに駄目押しとばかりに、意味深な溜め息を漏らしてみる。

「はぁっ……」

恥ずかしさのあまり目もとがぼうっと染まるが、それがかえってリアリティを生んだらしい。男の動きが慌ただしくなってきた。

「ようやく素直になってきたみたいだな。でも、突っこむ前に……」

リーダー格の男は美奈子の膝を割ると、脚の間に入りこんでくる。そして、舌なめずりしながら、いきなり股間に顔を近づけてきた。

「な、なに？」

「たっぷり濡らしてからのほうが、より楽しめるからな」

どうやら、口での愛撫を施すつもりらしい。想像するだけで鳥肌が立つが、美奈子にとっては願ってもない展開だった。

「やめて、もう許して……」

「もしかして、もう濡らしてるのか?」

男の指がパンティの股布にかかる。脇にずらすつもりのようだ。しかし、一気にはめくらず、もったいぶるように美奈子の顔を見あげてきた。

「い、いやよ……しないで」

弱々しく首を振り、震える声で懇願する。そうしながら、なかば諦めた表情で全身から力を抜いていった。

「奥さんのアソコ、見せてもらうぞ」

粘着質な声が聞こえて、股布がほんの少し浮きあがる。そして、男の視線が股間に向けられた。その一瞬の隙を見逃さない。美奈子は長い脚を素早く跳ねあげた。

「うぐッ!」

「恥を知りなさい」

男の首と右腕をいっしょに巻きこみ、一気に頸動脈《けいどうみゃく》を絞めあげる。柔術の絞め技である『三角絞め』だ。男は驚いた表情で白目を剝き、言葉を発することもなく気を失った。

勝負は呆気《あっけ》なくついた。

だが、安堵《あんど》している場合ではない。美奈子は急いで身を起こすと、男のジャンパーのポケットを後ろ手に探った。この男が手錠を持っていたので、鍵もいっしょに所持している可能性が高いと踏んでいた。

(あった!)

指先で発見すると、すぐに鍵穴に差しこんで解錠する。そして、気絶している男の腕を背後にまわし、お返しに手錠をかけてやった。

服を着ている暇はない。腕に絡まっているブラウスを脱ぎ捨てると、ブラジャーとパンティだけを纏った姿で拳銃を拾いあげる。トカレフを撃ったことは数度だけだが問題ない。大抵の銃器に対応できる知識と技術を身につけているし、そもそも今回は発砲せずに敵を制圧するつもりでいた。

足音を忍ばせて寝室のドアに駆け寄り、薄く開いて廊下の様子を確認する。

男たちの姿は見当たらない。だが、予想はついている。そっと廊下に踏み出すと、拳銃を両手で構えて夫の書斎に向かった。

「他にはないみたいだな」

「ノートパソコン一台か。楽な仕事だぜ」

開け放ったままの書斎のドアから、男たちの会話が漏れ聞こえてきた。

どうやら、夫のノートパソコンを奪うことが目的だったらしい。もう少し遅かったら、二人が戻ってくるところだった。

慎重に室内を盗み見る。男たちは部屋の奥にある机の前で、こちらに背を向けて立っていた。まさか美奈子が来るとは思っていないのだろう。拳銃は無造作に机の上に置かれていた。

美奈子は猫のように軽やかな動きで書斎に入りこんだ。物音ひとつ立てず男たちの背後に歩み寄ると、素早くトカレフを振りあげる。そして、右側の男の後頭部に銃床を打ちおろした。

「ぐうッ！」

低い呻き声を漏らし、男の体が崩れ落ちる。驚いて振り返ったもうひとりの顎にも、すかさず銃床を叩きつけた。

「おごぉッ！」

グシャッという嫌な感触とともに、男は糸が切れた操《あやつ》り人形のように昏倒する。もしかしたら、顎の骨が砕けたかもしれない。しばらくは流動食になるだろうが、自業自得というものだ。

納戸から梱包用のビニール紐を持ってくると、男たちの手足をしっかりと縛《しば》りあげた。これで、三人の動きを封じたことになる。だが、まだ安心はできない。男たちの仲間が外で待機している可能性もあった。

書斎の窓の陰から、そっと外の通りを確認する。

視認できる範囲に怪しい人物はいない。路上駐車している車両は、国産の黒いセダンが一台だけ。おそらく男たちが乗ってきた車だろう。他に乗車している者はいないようだった。

さらに、昏倒している二人の服を調べて所持品をチェックする。しかし、携帯電話はおろか、財布すら持っていない。唯一出てきたのが車のキーだった。身元が割れるのを警戒して、なにも持ってこなかったのだろうか。

(情報はないの？)

行動を見ていると適当な感じがしたので意外だった。

的確な指示を出している人間がいると考えたほうがいいだろう。なにしろ特殊捜査官の夫から、なにかを盗みだそうとしたのだ。男たちのバックには、巨大な犯罪組織があるに違いない。

美奈子は夫のノートパソコンを脇に抱えると、急いで寝室に戻った。

リーダーの男はベッドの上でうつ伏せに倒れこんでいた。先ほど締め落として後ろ手に手錠をかけた姿勢のまま、微動だにしていなかった。

（この男から聞きだすしかないわね）

仰向けに転がし、黒覆面を引き剝《は》がす。三十歳前後の風采《ふうさい》のあがらない男だ。やはり、まったく見覚えはなかった。

「起きなさい」

美奈子はベッドの横に立ち、男の頰を軽く平手打ちする。二発目で「ううんっ」と唸り、三発目で重たそうに目蓋《まぶた》を持ちあげた。

「な、なんだ？　どうなってる？」

周囲を見まわしてから、はっとしたように騒ぎだす。慌てて起きあがろうとするが、軽く肩を小突くだけで再び仰向けに倒れこんだ。

「ク、クソッ！　ぶっ殺してやる！」

激しく身をよじり、大声で喚《わめ》き立てる。しかし、口先だけの脅しなど、元特殊捜査官の美奈子に通用するはずがない。

「大人しくしなさい。いろいろ聞きたいことがあるから」

美奈子は男の顔を見おろし、抑揚のない声で語りかけた。

警察に連絡する前に、できるだけ多くの情報を引きだすつもりだ。今回の襲撃と夫の帰宅が遅れていることは、なにか関係があるのかもしれない。夫の身に危険が迫っているのなら、早急な救援が必要だった。

「俺が口を割ると思ってるのか！　この野郎っ、手錠を外せ！」

男は両手が使えないとわかっても、諦めずにベッドの上で暴れている。虚勢を張ることで、恐怖を紛《まぎ》らわせているのだろう。

「このノートパソコンが目当てだったんでしょう？」

「し、知らんっ、俺はなにもしゃべらないぞ」

男は嘘が苦手らしい。ノートパソコンをちらりと見やり、ほんのわずかだが声を震わせた。

「誰に頼まれてこんなことを？」

「俺たちは強盗だぞ。誰にも頼まれてなんてない！」

大声をあげるが、視線が微かに揺れていた。男は動揺を押し隠すために、首を持ちあげて美奈子の身体を見つめてきた。

「奥さん、本当にいい身体してるよな。ああ、もう少しで突っこめたのに、惜しいことをしたぜ」

精いっぱい悪ぶり、淡いピンクのブラジャーとパンティだけを纏った女体を眺めまわしてくる。そうすることで、不安を誤魔化《そ》そうとしているのだ。

「俺のチ×ポを突っこまれたら、旦那の粗チンじゃ――」

「黙りなさい」

トカレフの銃口を額に押しつけると、途端に男は黙りこんで目を見開いた。

「余計なことはしゃべらない。訊《き》かれたことにだけ答えなさい」

決して大きな声は出さずに、眼光鋭くにらみつける。すると、男は頬の筋肉を引きつらせたまま小さく頷いた。

「このパソコンに、なにが入ってるの？　このなかに入っているデータが狙いだったんでしょう？」

銃口は逸らさずに質問する。

男は血の気が引いた顔をわずかに左右に振った。先ほどまでの虚勢はどこにいったのか、唇まで白くなっている。もう嘘をつく余裕はなさそうだった。

「あなたたちのボスは誰？」

「し……知らない」

「まだ強盗だって言い張るの？」

「う、撃てるはずない……ほ、本当に撃てるはずない」

「試してみる？」

美奈子は冷たい眼差《まなざ》しを男に向けながら、撃鉄をガチャリッと起こした。

「ひッ……ま、待ってくれ、本当に知らないんだっ」

男はすでに半泣きだ。もちろん本当に撃つ気などないが、脅しは絶大な効果を発揮していた。

「そんなはずないでしょう。じゃあ、どうやって依頼されたの？」

「で、電話が……金をやるからって……」

もう空威《から》張りする気力もないらしい。男は鼻水を垂らしながら、知っていることを洗いざらい白状した。

男たちはとある暴力団の準構成員で、組の上層部から仕事を依頼されたという。理由はいっさい聞かされずに、ただこの家に侵入し、ノートパソコンとデータのすべてを回収しろと命じられていた。

「し、信じてくれよ、殺さないでくれよぉ」

嘘をついている様子はない。本当になにも知らない下っ端で、これ以上締めあげてもなにも出てきそうになかった。暴力団の上層部の連中は、仮に脅したとしても絶対に口を割らないだろう。

「な、なあ、見逃してくれよ。上にばれたらまずいんだって。ヘタしたら消されちまうよぉっ！」

「もういいわ。少し黙ってなさい」

「うぐッ！」

頸動脈に手刀を打ちおろすと、男は一瞬で昏倒した。

なにか危険な匂いがする。大きな犯罪の匂いだ。現場を離れて一年経つが、刑事の嗅覚が、巨悪の香りを嗅ぎわけていた。

（貴也さん、どこにいるの？）

いまだに帰宅しない夫のことが心配だった。

美奈子は男たちをほったらかしにしてリビングに向かうと、夫の携帯電話に連絡を入れてみる。仕事中は電話をしない約束だが、今回ばかりは緊急事態だ。しかし、呼び出し音が虚しく響くだけだった。

胸騒ぎがした。

なにか危険なことに巻きこまれているのではないか。

警察に連絡する前に、夫のノートパソコンの電源を入れてみる。どんな些細《ささい》なことでもいいので情報がほしい。無事が確認できないのなら、せめてどんな事件に関わっているのか知りたかった。

デスクトップ上にあるファイルを片っ端から確認していく。すると、捜査に関する資料を発見した。

数枚の画像ファイルを順番に開いてみる。

一枚目の写真には、白い壁の大きな建物が写っていた。どこかの研究施設か工場だろうか。同じ建物を様々な角度から何枚も撮影している。捜査の対象、もしくは重要なポイントとなる施設なのだろう。

さらに調べると、中年男と年配の男性が握手をしている写真が出てきた。二人ともスーツを着用していた。

(この男……)

中年男の鋭い目つきに見覚えがある。

特殊捜査官時代、美奈子が貴也とコンビを組んでいたとき、麻薬製造に関与している疑いでマークしていた男——権藤久雄《ごんどうひさお》に間違いなかった。

引退直前まで捜査していたので、よく覚えている。確か今年で四十六歳になっているはずだ。以前から麻薬に関する事件があるたび、権藤の名前があがっていた。ところが、慎重な男で決定的な証拠が出てこない。結局、尻尾《しっぽ》を摑むことができずに泳がせたままだった。

(もしかして、貴也さんは……)

再び権藤のことを追っていたのかもしれない。

さらにノートパソコンを調べていくと、覚え書きのようなテキストファイルを発見したので開いてみる。そこには『GH化学薬品株式会社』という文字と、D県霜北村《しもきたむら》の住所が書かれていた。

ネットで「D県霜北村」を検索してみる。霜北村のホームページがあったので閲覧すると、村長の写真が載っていた。権藤と握手をしていた年配男性と同一人物だ。

（これって……）

麻薬に関与していると思われる権藤と、なぜか片田舎の村長が繋がっている。どう考えても裏があるとしか思えない。

さらにパソコンのなかには音声ファイルのデータが保存されていたので、さっそく再生してみる。

『GH化学薬品さんには感謝しています』

『こちらこそ、受け入れていただいて助かりました』

『権藤社長のおかげで、村もずいぶん活気づきました』

『そうですか、それはよかったです。まあ、持ちつ持たれつというか、お互いさまということで。ふふふふっ』

霜北村の村長と権藤の、電話の会話を盗聴したものらしい。当たり障《さわ》りのない内容だが、親密度合いがよくわかった。

会話のなかで、村長は権藤を「社長」と呼んでいた。

もしやと思い「GH化学薬品株式会社」をネットで検索する。すると、意外なことに、まともな製薬会社としていくつも資料が出てきた。そして、権藤久雄が一年ほど前に社長に就任していることがわかった。

（なんなの……これ？）

美奈子の頭のなかで、知り得た情報が組みあがっていく。

写真の白い建物は、ＧＨ化学薬品株式会社の施設だろう。あの巨大な施設を誘致したことで、寂れた村になんらかの恩恵があったようだ。

莫大な法人税、地域住民の雇用、従業員が居住することによる経済効果……。他にもなにか秘密があるのかもしれない。とにかく、黒覆面の男たちは、このパソコンのデータを狙っていた。

（貴也さんは、きっと……）

一泊の予定で出張した夫は、Ｄ県霜北村にあるＧＨ化学薬品株式会社に向かったのではないか。そこで、なんらかの事件に巻きこまれた可能性が高かった。

もし、権藤に囚われたのだとしたら一刻の猶予もならない。何年間も尻尾を出さない狡猾《こうかつ》な男だ。どんな手を使ってでも証拠を消そうとするだろう。

（わたしが……わたしが助けるしかない！）

まともな捜査で捕まえられる相手ではない。美奈子は決意を胸に、湾岸北署のかつての上司に連絡を入れた。

# 第二章　囚われの人妻肌

## 1

翌日の昼過ぎ、美奈子はD県北部の霜北村にある霜北村警察署を訪れていた。

三十路《みそじ》の熟れた肉体を包んでいるのは濃紺のスカートスーツだ。

ジャケットの背中でふんわりとした黒髪が揺れており、タイトミニからナチュラルカラーのストッキングに包まれた太腿が覗いている。ハイヒールを履いているので自然とヒップがあがり、脚の長さがより強調されていた。

純白ブラウスの胸もとは大きく膨らみ、ジャケットのボタンが今にも弾け飛びそうだ。腰は見事なまでにシェイプされて、折れそうなほどくびれている。尻にはむっちりと脂《あぶら》が乗り、人妻らしい丸みがスカートに浮かびあがっていた。

鋭い目つきとは裏腹に、女体は成熟しきっている。まさに今が旬といった感じで、男を惹《ひ》きつける色香が濃厚に漂っていた。

呆《あき》れるほど抜群のスタイルで、まるで雑誌のなかのモデルが飛びだしてきたかと錯覚するほどだ。本人は望まなくても、これだけの身体をしていれば視線が集まるのは仕方のないことだった。

——都会の女刑事さまのお出ましだ。

——ファッションショーと勘違いしてるんじゃないのか？

——あんな格好でまともな捜査ができるのかねぇ。

田舎の警察署のベテラン刑事たちが、あからさまに陰口を叩いている。

予想はしていたので、まったく気にならない。今はそんなつまらない連中に構っている時間はなかった。

タイトミニを穿いているのは、女であることを武器にするためだ。極限状態では己《おのれ》の肉体さえも、敵の目を欺《あざむ》く道具にしなければならない。また戦闘状態において、脚による絞め技や蹴りを出しやすいという利点もあった。

ハイヒールも敵を油断させるのに一役買っている。特殊な素材のソールを使用しているため走りやすく、ヒールの芯にチタン合金を入れることで武器としての能力も高められていた。

暴漢三名が自宅に押し入ったのは昨日のことだ。

自力で男たちを制圧し、その後かつての上司に直談判した結果、特例として本日付で湾岸北署刑事課零係への復帰が認められた。

美奈子はエリート揃いの零係のなかでも優秀な捜査官で、数々の功績を残しており、ブランクはわずか一年しかない。そして、なにより以前捜査していたので、誰よりも権藤久雄に詳しかった。零係は特殊な部署なので、こうした特例にも迅速に許可がおりた。

また復帰の特例が認められた裏には、限りなくクロに近い権藤の尻尾をどうしても摑まえられない、警察上層部のもどかしさがある。つまり、美奈子はなんとしても権藤の悪事を暴き、検挙しなければならなかった。

そして緊急の案件であるため、以前勤務していたときのデータベースをそのまま流用して、旧姓の吉岡《よしおか》美奈子として復帰した。

最優先事項は、出張に行ったきり消息を絶っている零係の警部――美奈子の夫でもある倉科貴也の捜索だ。貴也を捜しだすことが、権藤の悪事の解明にも繫がる。美奈子も警察上層部も、同じ考えだった。

今朝、復帰の承認がおりるなり、この霜北村警察署にやってきた。

証拠がなにひとつない権藤の件は零係の極秘任務だ。霜北村警察署に捜査協力を依頼しているのは、行方不明になっている貴也の捜索だけとなっていた。

霜北村署の署長に挨拶をすると、案内役として警部補の小田島拓郎《おだじまたくろう》をつけてもらえることになった。都会から派遣された美奈子のことをベテラン刑事たちが敵視するなか、小田島が自ら立候補してくれたという。

「小田島拓郎警部補です。よろしくお願いします！」

はきはきしており、やる気が漲《みなぎ》っている。美奈子の三つ年下で二十八歳ということだった。爽やかな紺色のスーツが似合っていた。

「吉岡美奈子です。土地勘がないから助かるわ」

軽く自己紹介をするが、行方不明になっている倉科貴也が夫であることは明かさなかった。余計な気を遣わせると捜査の妨げになる可能性がある。旧姓で登録されていることもあり、あえて伏せておくことにした。

さっそく捜査に取りかかる。まずは小田島に車を出してもらい、街に向かうように指示を出した。

「了解しました。ところで、街でなにをするんです？」

ハンドルを握った小田島が、真面目な顔で尋ねてくる。助手席の美奈子は、思わず呆れた視線を向けていた。

「なに言ってるの。聞き込みに決まってるでしょう」

「い、いえ、もちろん俺ならそうですけど、でも美奈子さんはやり手だって署長から聞いていたので」

小田島が慌てた様子で捲《まく》したてる。なにやら言いわけじみているのは、先輩刑事に叱られると思って焦っているからだろう。

それくらいで怒ることはないが、「美奈子さん」と名前で呼ばれたことのほうが気になった。

「小田島刑事、その呼び方だけど——」

「あっ、す、すみません！　つ、つい……なれなれしかったです、失礼しました！」

「別にそんなに謝らなくても……そのままでいいわ」

許せてしまうのは、小田島が真面目すぎる性格だからだろう。きちんと謝罪されると、わざわざ呼び方を変えさせる必要性も感じない。むしろ短期間でもコンビを組むのなら、距離を縮めておいたほうがやりやすいだろう。

「捜査の基本は聞き込みよ。それはベテランだって同じ」

「は、はいっ」

小田島は緊張した様子で返事をしながらアクセルを踏みこんだ。

「ところで、倉科刑事って、どんな方なんです？」

「優秀な刑事よ。正義感が強くて、頼れる先輩だわ」

こみあげてくるものがあり、美奈子は思わず黙りこんだ。

夫のことを思うと気が気でない。昨日は男たちに襲われて大変な一日だったが、それでもほとんど眠ることができなかった。

「倉科刑事は、この村になにをしに来たんですか？」

「それは……」

唐突に質問されて思わず言い淀《よど》んでしまう。

零係の捜査内容は、たとえ警察関係者であっても漏らすことはできない規則だ。小田島に協力してもらうのはあくまでも貴也の捜索だけで、権藤とＧＨ化学薬品株式会社のことは、美奈子が単独で捜査しなければならなかった。

「調べてることがあったから、こんな田舎まで来たんですよね？」

「それが、よくわからないのよ。この村に向かったのは確かなんだけど……」

美奈子は言葉を濁《にご》し、窓の外に視線を向けた。

「あれは……なに？」

誤魔化す意味もあって、逆に質問を返していく。

山の上に白い建物が見える。緑の木々に囲まれて、巨大な建造物が街を見おろすように建っていた。

「ああ、あれですか。ＧＨ化学薬品っていう会社の施設です。医薬品の研究と製造を行っています」

「そう……」

興味のない振りをしながら、しっかりと外観を確認する。夫のノートパソコンに保存してあった画像の建物と、まったく同じだった。

（貴也さんは、きっとあそこに……）

美奈子の目つきが鋭さを増した。

夫は権藤のことを捜査する過程で、ＧＨ化学薬品の建物に潜入を試みたのかもしれない。そして、失敗して囚われの身となったのではないか。

様々な情報から総合的に判断すると、あの施設のどこかに監禁されている可能性が高いと踏んでいた。

「着きました。聞き込みをするなら、まずはここがいいと思います」

車が停まったのは小さな商店街の入口だった。

こぢんまりとしたゲートが立っており、『霜北商店街』と書いてある。さっそく歩いてみるが、閑散としており人通りはほとんどない。八割から九割の店舗がシャッターをおろしており、いかにも寂れた商店街といった印象だ。

「びっくりしましたか？」

「ええ、まあ……」

「これでも、ＧＨ化学薬品が来てくれたおかげで、ずいぶん景気がよくなったんですよ、企業を誘致しなければ、こんな田舎町はやっていけないんです」

小田島の説明を聞きながら、山の上の施設をチラリと見あげる。どうやら、この村はGH化学薬品株式会社の恩恵をかなり受けているようだった。

とにかく、商店街の人たちから少しでも情報を得なければならない。開いている店を端から順に当たっていくことにした。

まずは一軒目の酒屋に入った。お世辞にも繁盛しているとは思えない。棚に置いてある一升瓶は、ほとんどが埃《ほこり》を被っていた。

「こんにちは」

店は開いているのに人の気配がない。奥に向かって声をかけると、店主らしき年配の男性が面倒臭そうにやってきた。

「お客さんかい？」

いきなり訝《いぶか》しげな目を向けてくる。小さな村なので、地元の人間じゃないとひと目でわかるらしい。

「警察の者ですけど、少しだけお話を聞かせていただけますか？」

ジャケットの内ポケットに手を入れて、警察手帳を取りだそうとする。ところが、その前に不機嫌そうな声が返ってきた。

「話すことなんてねえよ」

店主は取りつく島もないといった感じで、ぷいっと奥に戻ってしまった。

「お手間は取らせません。人を捜してるんです」

「忙しいんだ。帰ってくれ」

「あ……失礼しました」

美奈子は溜め息をこらえて頭をさげた。

警察と名乗るだけで嫌な顔をする人は大勢いる。聞き込みをしていれば、よくあることだった。

これしきのことでめげていたら刑事は勤まらない。新米の頃は一週間足を棒にしても、まったく有力な情報を得られなかったこともある。しかし、たったひと言の証言から、難事件が一気に解決することもあるのだ。

気を取り直して次の店に向かう。閉まっているシャッターの前を何軒も通り過ぎて、八百屋の前にやってきた。

「すみません！」

やはり店の人が見えないので、大きな声で呼びかけると、奥から中年女性が現れた。

「あら、このへんじゃ見ない顔だね」

一瞬にして警戒心を露わにする。やはり地元の人間しか相手にしないタイプかもしれない。

「警察ですが、お時間よろしいでしょうか？」

警察手帳を見せると、女性は途端に渋い顔になった。

「わたしゃ、なんにも知らないよ」

「あの、この人を捜してるんですけど、見かけたことはありませんか？」

貴也の顔写真を見せるが、彼女はチラリと視線を向けただけで即答した。

「知らないね……さあ、商売の邪魔だよ。帰っておくれ」

まるで蝿でも追い払うように、シッ、シッと右手を振る。そこまであからさまに拒絶されたら、居座るわけにもいかなかった。

「お邪魔してすみません。ありがとうございました」

この手の冷たい対応にも慣れていた。

仕方なく次の店に向かったが、情報を得る以前の問題だった。客がひとりもいない暇そうな書店だったが、まるで相手にしてもらえない。店主と思《おぼ》しき老人に嫌な顔をされて、邪魔だとばかりにハタキで掃除をはじめられてしまった。

次の店も、さらに次の店も、結果は似たようなものだ。誰もが口を閉ざして、ひと言も語ろうとしなかった。

（どうなってるの？）

美奈子は思わず首を傾《かし》げていた。

地方での捜査経験はあまりないが、どうにも不自然だった。地域住民がここまで非協力的だと、なにか圧力がかかっているのではないかと疑ってしまう。強大な力によって、発言力を奪われている可能性も否定できない。

「気を悪くしないでください。なにしろ小さな村なんで、よそ者を……いえ、他の土地から来た人を、必要以上に警戒するんですよ」

小田島が元気づけるように声をかけてきた。

「胡散《うさん》臭い不動産ブローカーとかが、安く土地を買い叩きに来たりするんです。だから、みなさん、知らない人とは話さないんですよ」

「そう……いろいろあるのね」

言っていることはわかるが、なにか釈然としない。警察手帳を見せても、誰ひとりとしてまともに目さえ見てくれなかった。そこまでして拒絶する理由は、なにか他にあるような気がした。

その後も小田島といっしょに聞き込みをつづけたが、結局なにも摑むことはできなかった。夫の写真を見せてまわれば、目撃者の証言を得られると思っていた。この村に来たという確証がほしかったのだが徒労に終わった。

進展がなかったときの聞き込みほど虚しいものはない。しかも、今回の件は夫の命がかかっているというのに……。

日が落ちた街を、小田島が運転する車で署に向かった。

途中、車の窓から山を見あげると、ＧＨ化学薬品株式会社の明かりが煌々《こうこう》と灯《とも》っていた。この片田舎で、あの建物だけが白く浮きあがっている。場違いに思えて、ますます疑念が深まった。

（あそこを捜査できれば……）

思わず奥歯をギリッと噛《か》んだ。

まったく証拠がないので、正面から踏みこむことはできない。どんなに待ったところで、権藤がぼろを見せることはないだろう。とにかく狡賢《ずるがしこ》い男だ。まともな捜査で捕らえられる相手ではなかった。

「本当に、こんなところに泊まるんですか？」

小田島が驚きの表情で尋ねてきた。

霜北村警察署に到着すると、仮眠室に案内してもらった。一秒たりとも無駄にしたくないので、初めから署に泊まるつもりでいた。宿に移動する時間があるなら捜査に当てたかった。

「そうよ。どうして？」

「い、いえ……じゃあ、俺はこれで失礼します。おやすみなさい」

小田島は頭をさげると、慌てて仮眠室を後にした。

彼の言わんとしていることもわかる。なにしろ、仮眠室はお世辞にも綺麗とはいえない場所だった。

泊まりこみで捜査するような事件がないのだろう。少なくとも数ヵ月は使われた形跡がなく、まったく手入れがされていない。埃臭い六畳の和室で、畳の上はザラついていた。

(誰も使わないなら、かえって都合がいいわ)

汚れるのを我慢すれば、自分の部屋として使うことができる。シャワー室もあるので、しばらくは滞在できそうだ。もしかしたら、予想以上に長期間の捜査になるかもしれなかった。

美奈子はシャワーで汗を流すと、パジャマ代わりのスウェットに着替えた。

少しでも身体を休めておこうと横になる。睡眠不足では判断力が鈍るし、いざというときに動けなくなってしまう。時間がないときこそ、質のいい休息をとらなければならなかった。

(貴也さん……)

しかし、薄暗い天井を見つめていると、もどかしさが湧きあがってくる。

夫のことが気になって眠れない。こうしている間も、愛する人は命の危険に晒されているかもしれないのだ。

過去に捜査官が犯罪組織に囚われた事例を知っている。ただ命を落とすだけではすまない。男性の捜査官なら警察の情報を聞きだそうとして拷問にかけられ、女性なら気が狂うまで犯されて性奴隷《せいどれい》に堕《お》とされることもあったという。

（もし、本当に捕まっているなら、今頃……）

すぐ殺されるようなことはないだろう。犯罪組織にとって、捜査官の持っている情報は喉から手が出るほどほしいはずだ。だからといって、残された時間がそれほどあるとも思えなかった。

相手が尻尾を摑ませないのなら、非合法な手段に打って出るしかない。

潜入捜査こそ零係の真骨頂だ。ただし、特殊捜査官として任務を遂行する場合、地元警察の協力は仰げない。

零係の応援を待っている時間はなかった。美奈子は居ても立ってもいられず、単独での潜入捜査を決行することにした。

## 2

スーツに着替えた美奈子は、署の車を借りて山の麓《ふもと》までやってきた。

街灯はないが、月明かりがあたりをぼんやりと照らしている。車外に出て見あげると、白壁の巨大な施設が山頂近くに確認できた。

山道はあるが、車を使うと目立ってしまう。気づかれないように、ここからは徒歩で向かうほうがいいだろう。

スニーカーを用意しておかなかったのは失敗だった。ハイヒールで山を登るのはさすがに骨が折れる。山頂から死角になっているうちは舗装路を歩いて、近づいたら森のなかに分け入るつもりだ。

美奈子は決意を胸に山道を登りはじめた。

夫のパソコンにはGH化学薬品株式会社が、どんな悪事を働いているかまでは記されていなかった。美奈子も独自に事前調査をしたが、問題は見つかっていない。むしろ健全な経営状態ばかりが鮮明になっていた。

しかし、麻薬製造の疑いで零係が長年マークしていた権藤が、社長を務めている会社だ。裏でなにをしているかはわからなかった。

街の人たちの反応も、なにか理由があるような気がしてならない。単によそ者の美奈子を警戒しただけとは思えなかった。

とにかく、気を抜くことはできない。

ガードが硬い場合は、犯罪行為を実証する写真を撮影して持ち帰り、地元警察の応援を仰ぐべきだ。そのうえで、あらためて踏みこみ、囚われているであろう夫を救出する。今回はとくに冷静な判断力が必要な潜入捜査になるだろう。

山頂が近くなってきたので、舗装道路から外れて森のなかに入っていく。木々の枝の向こうに、コンクリートの高い壁に囲まれた施設が見えてきた。月明かりに照らされた巨大な建物が異様に映った。

(やっぱり怪しいわね)

なにが行われているのか、外からはうかがい知ることができない。ただの薬品会社の施設にしては、やけに厳重だった。

正門を避けて足場の悪い森のなかを進み、施設の裏側にまわりこんだ。

周囲に警戒しながら、コンクリートの壁に歩み寄る。かなりの高さがあり、飛び越えるのは不可能だ。裏口はないかと壁伝いに進んでみると、錆《さ》びた鉄製のドアを発見した。

見たところ普段使っている様子はないので、見つかるリスクは低そうだ。迷っている時間はない。ここから潜入するしかないだろう。美奈子は髪の毛のなかに仕込んであるヘアピンを取りだすと、さっそく鍵穴のなかに差しこんだ。

特殊捜査官の訓練学校時代に様々な技術を学んでいた。ヘアピンか安全ピン、もしくは針金などがあれば、一般的なシリンダー錠なら十五秒で開けられる。指先に神経を集中すると、カチリと確かな手応えが伝わってきた。

ドアノブを慎重にまわして、ほんの少しだけドアを開ける。

隙間に顔を近づけてなかを覗くと、月明かりを受けた白壁の建物が見えた。人影は見当たらず、物音もいっさいしない。さらにドアを開けて見まわすと、建物とコンクリート塀に挟まれた空間だけがひろがっていた。

物がなにもなく、普段使われている形跡もなかった。

なかに入りこんでドアをそっと閉める。建物の壁に身を寄せると、すぐ近くに裏口があった。先ほどと同じくヘアピンで解錠してなかを確認する。人の気配はなく、蛍光灯で照らされた廊下がひっそりと伸びていた。

(大丈夫、いけるわ)

今さら引き返すつもりはなかった。

しなやかな動きで、建物の内部に滑りこむ。長くつづく廊下には、ドアがたくさん並んでいた。施設内部の構造がわからないので、片っ端から確認していくしかないだろう。

まったく音をたてずに、リノリウムの床をハイヒールで歩いていく。気配を完全に消すのは、潜入捜査の基本だった。

忍び足でひとつ目のドアに歩み寄る。ドアの窓ガラスからなかを覗くと、そこは医薬品の製造工場だった。

透明な小瓶がラインの上を大量に流れていて、機械で錠剤が詰められている。それを白い作業着の従業員がチェックしていた。小瓶に貼られているラベルは、一般的な市販薬のようだった。

次のドアに近づき室内を確認すると、ごく普通の工場で、犯罪行為が行われている様子はなかった。ただここでも普通に市販されている薬を製造しており、そこでは別の薬を作っていた。やはり違法性は認められない。

（一階はまともな工場、ということは……）

美奈子は歩調を早めて廊下を進んでいく。

おそらく一階の医薬品工場はカムフラージュだ。表向きはまともな企業を装い、経営も波に乗っている。会社として成りたっているからこそ、陰の犯罪行為が露呈しにくい。この手の偽装を施す犯罪組織の場合、悪事は外から見えにくい地下などで行っている場合がほとんどだ。

廊下の一番奥に、まるで隠すようにひっそりと存在する階段を発見した。

一応『関係者以外立ち入り禁止』と書かれた札が立っている。階段の下を覗きこむが、暗くてなにも見えない。廊下の蛍光灯が消されているようだ。地下は使われていないのか、それとも意図的に人を寄せ付けない雰囲気にしているのか。

（怪しいわ。なにかありそうね）

美奈子に迷いはなかった。

細心の注意を払って階段をおりていく。多少の危険は承知のうえでの潜入だ。なにかを摑まなければ意味がない。いざとなれば戦う覚悟だった。

階段を地下までおりると、長い廊下がつづいていた。一階と同じように、いくつか部屋がある。完全に真っ暗というわけではなく、ドアの窓ガラスから漏れる室内の明かりが、足もとを微かに照らしていた。歩くだけならこれで充分だった。

一番近くのドアまで、ゆっくりと歩を進めた。

そっと覗くと、白衣を着た男たちが作業をしている。白い粉を手作業でビニール袋に詰めていた。

一階で見た光景とは緊張感がまるで違う。やけに目つきの悪い男たちばかりで、人数もずっと多い。とにかく、普通の医薬品を扱っているようには見えなかった。

（あの白い粉、もしかして……）

おそらく麻薬だと思って間違いないだろう。

美奈子はジャケットの内ポケットから万年筆型のカメラを取りだし、室内の様子を素早く撮影した。

しかし、あの粉が麻薬だという確証はない。

もっと確実な犯罪の証拠を摑むべく、隣の部屋を覗いてみる。すると巨大な空間がひろがっており、緑の葉を茂らせた植物が人工的に栽培されていた。

（まさかこれ、全部……）

大麻の可能性もある。しかし、ここにも白衣の男たちが大勢いるので、サンプルを持ちだすのは難しい。とりあえず窓ガラス越しに写真を撮影した。

さらに廊下を奥に進み、隣の部屋を確認する。人影は見当たらず、スチール製の棚が奥まで何列も並んでいた。その棚には先ほどの白い粉が入ったビニール袋が、大量に積みあげられている。あれが麻薬だとしたら莫大な金額になるだろう。

（倉庫ってわけね。それにしても、すごい量だわ）

麻薬だと断定できれば、警察も即座に動くことができる。

探るなら無人の今しかない。そっとドアノブに手をかけるが鍵がかかっている。ヘアピンを使って解錠すると、静かに足を踏み入れた。

棚から袋をひとつ手に取り、万年筆のペン先で小さな穴を開けた。ごく少量の粉を抜き出して、キャップのなかに保管する。袋は元の場所にそっと戻しておいた。この粉を鑑識にまわせば、すぐに判明するだろう。

（あとは貴也さんが見つかれば……）

部屋から出ようとしたとき、台車を押すガラガラという音が聞こえた。

廊下をこちらに向かっているらしい。慌てて棚の後ろに身を隠す。その直後、白衣を着た男が、台車を押しながら部屋に入ってきた。

「おかしいな……」

ドアノブをいじりながら、なにやら首をひねっている。鍵が開いていたことを不審に思っているらしい。

場合によっては黙らせる必要が出てくる。美奈子は棚の陰で身構えるが、男は特別なにかをするわけでもなく、台車に積んできた白い粉の入ったビニール袋を棚に移しはじめた。

美奈子は息を潜めて、男の作業が終わるのをひたすら待った。できることなら、敵に気づかれないように署まで戻りたい。そして、貴也の救出活動は、万全の態勢で挑みたかった。

ようやく男が部屋から出ていくと、ほっと息を吐きだした。

静かにドアに歩み寄り、廊下に人の気配がないことを確認する。危ないところだったが、なんとかやり過ごした。

ところが、上手く切り抜けたことで欲が出てしまう。

最初はこのまま署に戻るつもりだった。大きな犯罪の証拠を手に入れたのだ。麻薬だと判明すれば、すぐに警察が動くだろう。

しかし、夫の安否が気にかかる。今こうしている間にも、恐ろしい目に遭《あ》っているかもしれない。一刻も早く、できれば自分の手で救出したかった。

(わたしが、必ず助けるわ)

逡巡したのは一瞬だけだ。美奈子は夫の顔を思い浮かべると、廊下をさらに奥へと進んでいた。

夫が監禁されているとすれば、この地下のどこかに違いない。そんな確信めいた勘が働いていた。

廊下の奥から異様な雰囲気が漂ってくる。

慎重に歩いていくと、明らかに他の部屋とは異なる鉄の扉が見えてきた。窓がなく、まるで独房を連想させる扉だった。廊下を挟んで、向かい合う形で同じ扉がもうひとつある。きっと、どちらかの部屋に夫が……。

思わず歩み寄ったそのとき、突然けたたましい警報が鳴り響いた。

「くっ!」

どうやら、赤外線センサーが張り巡らされていたらしい。貴也のことを気にするあまり、注意力が散漫になっていた。

背後から複数の足音が急接近してくる。考えている暇はない。振り返ると、白衣姿の男三人が目前まで迫っていた。

「何者だ!」

「なにをやってるっ」

「そこを動くな！」

口々に叫びながら、いきなり三人同時に殴りかかってくる。脇のホルスターから拳銃を抜く時間はない。美奈子はとっさにスライディングすると、中央の男の下腹部にハイヒールの踵《かかと》をめりこませた。

「ぐえッ！」

まるで蛙《かえる》が潰れたような声が響き渡る。

パンチを躱《かわ》すと同時のキック攻撃だ。カウンターで決まったので、なおのこと威力は増している。男の体は巴《ともえ》投げの要領で浮きあがり、空中で前方に一回転して、背中から床に落下した。

「うぐうぅッ」

くぐもった呻きが聞こえてくる。確認するまでもなく、男は気を失っていた。

すでに美奈子は身を起こし、次の攻撃態勢を整えている。一年のブランクを感じさせない素早い動きだ。戦い方は身体が覚えている。腰を低く構えて、男たちを視界に捕らえていた。

「クソッ！」

パンチを躱されて体を泳がせた二人が振り返る。右の男のほうが動きが速い。美奈子は一瞬の判断で右側にジャンプすると、渾身の膝蹴りを顎に叩きこんだ。

「セイヤッ！」

「おごぉッ！」

男が白目を剝いて崩れ落ちる。さらに美奈子は着地した瞬間、左肘をもうひとりの鼻っ柱に突き刺した。

「ハアァッ！」

「がはッ！」

鼻骨の折れる感触があり、男は後方に吹っ飛んだ。

わずか数秒で三人の男を倒し、廊下を急いで戻ろうとする。しかし、今度は全身黒ずくめの男たちが大勢押し寄せてきた。

(いよいよ本性を現わしたわね)

先ほどの白衣の連中とはまるで違う。目つきが異様に鋭く、暴力の匂いがプンプン漂ってきた。十人ほどだろうか。いずれも鍛えあげられた屈強な男たちだ。

迷わず拳銃を構えるが、男たちもいっせいに銃を引き抜いた。しかも、レーザーサイトを備えており、赤い光が美奈子の頭部と心臓に集まってくる。これではひとり倒す間に、何十発もの銃弾を撃ちこまれてしまうだろう。

「くっ……なんなの？」

しかも、男たちの背後から、増援部隊が次々と駆けつけてくる。やはり手には銃が握られていた。

「こんなに早いなんて……」

敵の動きは驚くほど早かった。組織としてかなり統率されているようだ。

これだけの人数を相手に、しかも全員が銃を持っているとなると勝ち目はない。美奈子は悔しさを噛み締めて銃口をおろした。

ここで撃ち合って玉砕するわけにはいかない。捕らえられているであろう夫を助けだすまでは、絶対に死ねなかった。

「拳銃を床に置くんだ」

男たちの背後から、聞き覚えのある声が響いた。

(この声は……)

一気に緊張感が高まる。思わず拳銃を構えそうになるのをぐっとこらえた。

権藤久雄の声に間違いない。しかし、姿を見せずに隠れているところは、用心深く狡賢いあの男らしかった。

「姿を見せなさい！」

見えない権藤に向かって呼びかける。バリケードを築いた男たちの背後から、こちらを窺《うかが》っているはずだ。その卑劣さが腹立たしかった。

「銃を置くのが先だ。床に置いたら、こっちに向かって滑らせるんだ」

慎重すぎるほど慎重な男だ。美奈子が武器を持っている間は、決して姿を見せないつもりなのだろう。

「わかったわ……」

この状況では従うしかない。美奈子は足もとに拳銃を置くと、男たちのほうに向かって滑らせた。

「他に武器を持っていないか調べろ」

権藤の命令を受けて、二人の男が歩み寄ってくる。他の男たちは反撃に備え、美奈子に向けて銃を構えたままだった。

二人の男に服を念入りに調べられる。ジャケットの内ポケットに入れておいた万年筆型カメラ、スカートのポケットに隠しておいた小型ナイフ、ハイヒールの内側に忍ばせておいたカミソリまで奪われてしまった。

ただ、他にはなにも身に着けていない。潜入捜査の場合、身分を特定される物は持ち歩かないのが基本だ。警察手帳も携帯電話も、すべて霜北村警察署の仮眠室に置いてきた。美奈子が口を割らなければ、捜査官だとばれることはないはずだ。

「ずいぶん騒々しいお客さんだな」

武器がなくなったと確認してから、ようやく権藤が姿を現わした。

男たちが左右にさっと避けると、廊下の真ん中をゆったりとした足取りで歩いてくる。細身の体をオーダーメイドと思しきグレーのスーツに包み、酷薄《こくはく》そうな鋭い目を爛々《らんらん》と輝かせていた。

権藤は男たちが奪った万年筆型カメラに興味を示して受け取った。

カメラだと見破られたら少々面倒なことになる。正体はばれなくても、警戒されるのは間違いない。今は盗みに入って捕まった間抜けな泥棒、とでも思われているほうが都合がよかった。

「いいペンだな。俺がもらっておこう」

万年筆を眺めまわし、権藤はスーツの内ポケットに仕舞いこんだ。

どうやら隠しカメラだとは、わからなかったらしい。美奈子が内心胸を撫でおろすと、今度はまるで値踏みするように眺めまわしてきた。

「おまえは何者だ？」

低い声で質問される。他の男たちは決して警戒を解くことなく、レーザーサイトで美奈子に狙いをつけていた。

「別に名乗るほどの者ではないわ」

美奈子はこみあげてくる怒りを懸命に抑えこんだ。本当は夫のことを問いただしたいが、無関係だと思わせなければならなかった。

捜査官だとわかれば、互いを人質に取られたのと同じことになる。途端に手も足も出なくなり、権藤に逆らえなくなるだろう。そうなったら最後、情報をすべて引きだされた挙げ句、ぼろ雑巾のように殺される運命だ。

「またネズミが捕まったそうね」

そのとき、女の声が聞こえて、またしても男たちが道をあけた。

権藤の背後から白衣を纏った若い女が歩いてくる。年の頃は二十代半ばといったところか。整った顔立ちをしているが、冷たい雰囲気が漂っていた。

「残念、今度は女なのね」

女は退屈そうにつぶやき、美奈子の顔を覗きこんでくる。そして、興味ないとばかりに、肩にかかったマロンブラウンのロングヘアを気怠《けだる》げに掻きあげた。

女の言動から察するに、最近、男の侵入者があったらしい。その人物がおそらく貴也だ。やはり、この施設に潜入捜査を試みて、捕まったのだろう。

「相変わらず麻耶《まや》はいい男にしか興味がないんだな」

権藤が呆れたように言うと、麻耶と呼ばれた女は微かに首を傾げて、美奈子の顔をチラリと見やった。

「まったく興味がないわけじゃないですよ。見学くらいしてもいいでしょう?」

まるで実験用のマウスでも眺める目つきだ。感情のこもらない氷のような表情が不気味だった。

（この女、もしかして……）

麻耶という名前に覚えがある。

事前に調査したGH化学薬品株式会社の資料を思い返す。大勢いる化学者のトップに、田淵《たぶち》麻耶という名前があった。

確かアメリカの有名大学を飛び級で卒業後、大手製薬会社で研究者として働いていたところを、権藤に引き抜かれている。高額報酬でヘッドハンティングされたらしいが、真意のほどは定かではない。まだ二十六歳と若いのに、天才化学者として製薬業界では知られた存在だった。

「なにをこそこそ調べていたんだ？」

権藤が再び質問してくる。美奈子はひとまず相手の出方を見ようと、男の表情を窺った。

「素直に答えたほうが身のためだぞ」

脅しのつもりなのか、言った後で銃を構えた男たちを見まわした。

「これが、人にものを尋ねる態度かしら？」

美奈子はあくまでも強気だった。

何者かわからないまま消されることはない。組織を守るために、必ず侵入者の目的を知ろうとするはずだった。

「答えたくないか。それなら、質問を変えようか。東京から来た女刑事を知ってるか？」

いきなり核心を突かれて、美奈子は思わず息を呑んだ。すると、権藤の顔にいやらしい笑みが浮かんだ。

「吉岡美奈子っていう刑事が、いろいろ嗅ぎまわってるらしいんだ」

どうやら、昼間の聞き込みのことを知っているらしい。

村人たちのなかに内通者がいたのだろうか。いや、あの雰囲気なら、自主的に知らせる者がいてもおかしくない。霜北村にとって、GH化学薬品株式会社は救世主のような存在だった。

(情報網があるってわけね……)

こちらの素性がばれていたのは予想外だ。こうなってくると、敵の出方も変わってくるのは間違いなかった。

とはいえ、希望が潰《つい》えてしまったわけではない。

捜査状況を聞きだすため、激しい拷問にかけられるだろう。しかし、別姓を名乗っているため、貴也と夫婦だということは知られていない。最悪の状況のなかで、それだけがせめてもの救いだった。

「おまえが吉岡美奈子なんだろう？」

「人違いよ」

動揺を押し隠してにらみ返す。こうしている間も、たくさんの銃口が頭と心臓に狙いを定めていた。

「女ひとりを相手に、恥ずかしいと思わないの？」

忌々《いまいま》しげに男たちをぐるりと見まわしていく。それくらいしか、今の美奈子にできることはなかった。

「そうか、銃がお気に召さないか。それなら静かな部屋で話すとするか。おい、お客さまを別室にご案内しろ」

権藤のひと言で男たちが近づいてくる。銃を突きつけられて、美奈子は仕方なく両手を頭上にあげた。

3

鉄の扉で閉ざされた部屋に連れこまれていた。

コンクリート剝きだしの殺風景な部屋で、広さは十畳ほどだろうか。天井からぶらさがった裸電球の弱々しい光が、中央に置かれたパイプベッドをぼんやりと照らしていた。

部屋の隅には洋式便器が設置されている。まるで独房のような雰囲気で、じっとりと湿った空気が不快だった。

「死にたくなかったら、両腕を背後にまわすんだ」

権藤が強い口調で命じてくる。もちろん、周囲には銃を構えた黒ずくめの男たちが控えていた。

内心反発を覚えたが、今は生き延びることが重要だ。この窮地をなんとしても乗り越えて、夫を助けだすと心に誓っていた。

男たちは恐ろしく手際がよかった。おそらく、こういった作業に慣れているのだろう。両腕を背後にまわすと、用意してあった縄で手首を縛りあげられて、足首もひとまとめに拘束されてしまった。

(なにをされても、絶対に負けないわ)

美奈子は心のなかで繰り返した。

手足の自由を奪われてしまったが、これですべてが終わったわけではない。命さえ奪われなければ、必ず脱出のチャンスは訪れる。夫を救出することも可能だと信じていた。

「おまえたちは持ち場に戻るんだ」

権藤が声をかけると、男たちがいっせいに部屋から出ていった。

不気味な地下室に残ったのは、美奈子のほかは権藤と麻耶だけだ。いったい、なにがはじまるのだろう。二人の顔に浮かんだ薄笑いが、無性に不安を煽りたてた。

「さあ、銃を持った連中はいなくなったぞ」

「だから、なに？」

パイプベッドの前に立たされた美奈子は、権藤と麻耶の顔を交互に見やった。

四肢を縄で拘束されて、文字どおり手も足も出ない状態だ。このうえ弱気になったら、一気に責めたててくるのは目に見えている。せめて気持ちでは負けないようにと、自分自身に言い聞かせた。

「話のつづきをしようか。おまえは刑事なんだろう？」

「おもしろい冗談ね」

美奈子は表情を変えずに、男の目をまっすぐに見据える。身分を明かすものは身に着けていない。自ら認めるつもりはなかった。

「なるほど、しゃべる気はないってことだな」

権藤は怒るわけでもなく、なぜかにやにやしながら歩み寄ってくる。そして、いきなり肩を小突いてきた。

「あっ……」

足首を縛られているので、まったく踏ん張りが利かない。美奈子はあっさりベッドに尻餅をついた。

「なにをする気？」

条件反射的に鋭い視線を向けてしまう。すると、権藤はどういうつもりなのか満足げに頷いた。

「ふうん、ずいぶん生意気そうですね」

それまで黙っていた麻耶も、興味深そうな瞳を向けてくる。ゆっくり近づいてくると、全身を舐めるように見つめてきた。

「権藤さん、こういう勝ち気な美人、大好物でしょう？」

「ふふっ、まあな」

「たまには麻耶も参加したらどうだ」

「わたしは、男をオモチャにするほうが楽しいです」

二人の会話が不気味だった。

(なにを考えてるの？)

嫌な予感が沸々と湧きあがってくる。

権藤たちは、美奈子が刑事だと確信していた。ということは、二度とこの地下室から出す気はないのだろう。だから、時間をかけてじっくり尋問するつもりでいる。もしかしたら、さっそく拷問にかけられるのかもしれなかった。

「薬、使ってみたらどうですか？」

麻耶が進言すると、権藤はにやけ顔で頷いた。

「うむ、本当のことを言わない以上は仕方がない。こういう気の強い女に使うと効果絶大だろうな」

「ちょっと、なに？」

男の手がジャケットの襟にかかる。いきなり肩を剝かれて、グイッとばかりにおろされた。

「くっ……」

身の危険を感じて身構える。とはいっても、四肢の自由を奪われているので、逃げも隠れもできなかった。ジャケットは中途半端な状態で、背後で拘束された腕に絡まっていた。

「動くとざっくりいくぞ」

権藤はスーツのポケットから折り畳み式ナイフを取りだすと、純白ブラウスの右袖にスーッと切りこみを入れた。肩のあたりから肘の下まで裂けて、白い肌が露出してしまった。

「ふふっ、ゾクゾクするわ」

女化学者の耳障りな笑い声が聞こえてくる。神経を逆撫でされて、反射的に鋭い視線を向けていた。

「いい目をするじゃない」

麻耶が笑っているのは表面上だけだ。目の奥には青白い炎が揺らめいており、化学者特有の冷静さが不気味だった。

「どんな反応をしてくれるか楽しみだわ」

ひとり言のようにつぶやき、白衣のポケットから小さな注射器を取りだした。そして、注射針を上に向けて少量の薬液をピュッと飛ばし、わざと視界に入る位置で空気抜きをする。

「それって……」

「わたしが作ったの。世界に誇れる最高品質の麻薬よ」

「麻薬？」

眉をひそめて聞き返す。そんな美奈子の反応を楽しむように、権藤が薄笑いを浮かべていた。

「麻薬だけじゃないぞ。我が社ではあらゆる違法ドラッグの製造と販売を行っている。いずれは世界最大の工場にするつもりだ」

胸を張って語る姿は、まるでベンチャー企業の社長だった。

（やっぱりここは麻薬の製造工場だったのね）

表向きは一般の医薬品を研究して製造する施設だが、裏では麻薬を大量生産している。すべては予想していたとおりだった。ただ、その悪行の事実をあっさり教えたことに驚いていた。

「最高級の麻薬を、ただで味わわせてあげるわ」

「やめなさい！」

右腕を摑まれて思わず身をよじった。

囚われの身となった時点で、ある程度のことは覚悟していた。こういった場合、女がどんな悲惨な運命を辿るのか知っている。しかし、まさか麻薬を打たれるとは思わなかった。

「秘密を知ったんだから、あなたは一生ここから出られないわよ」

「冗談じゃないわ」

縛られた手足に力をこめるが、縄はびくともしない。自力で解くことは、まず不可能だろう。

「じっとしなさい。暴れると針が折れて体内に入るわよ」

麻耶が注射器を構えて、右腕を摑んできた。

「触らないで、やめて！」

このままでは麻薬を注射されてしまう。美奈子は必死に身をよじりつづけるが、露出した右腕に注射針をブスッと突き刺された。

「いっ……」

もう観念するしかなかった。注射針が折れたことで命を落としたら、それこそ無駄死にだ。夫を助けるためには耐えるしかなかった。

「力を抜いて。入れるわよ」

「うくっ……うぅっ」

薬液が流れこんでくるのがわかり、おぞましさにぶるっと身震いした。

(そんな、捜査官なのに……)

悪を取り締まる側の刑事が、麻薬を打たれてしまうとは大失態だ。

悔しさを滲《にじ》ませて奥歯をギリギリと食い縛る。しかし、結局どうすることもできないまま薬液をすべて注入されて、ようやく注射針が引き抜かれた。

「よ、よくも……」

「しばらくしたら効いてくるから、楽しみに待ってるといいわ」

麻耶が一歩さがり、再び権藤が近づいてくる。

「おまえが意地を張るからいけないんだ。これで少しは口も軽くなるだろう」

「あっ……」

肩を小突かれて、ベッドの上に仰向けに転がされた。手足を拘束されているので、まったく耐えられなかった。

「うちの麻薬は純度が高いから人気があるんだ。効果も絶大だぞ」

「ふ、ふざけないで、こんなこと許されないわ！」

怒りを露わにして身体を起こそうとする。ところが、軽く肩を押さえられて、あっさり動きを封じられてしまった。

「無断で入りこんだくせに、偉そうなことを言うじゃないか」

権藤が肩を押さえた状態で指先を伸ばし、顎のラインをそっとなぞってきた。

「くっ……いやっ」

「大きな声をあげても無駄だ。この部屋はおまえのような侵入者や裏切り者を監禁するための地下牢だからな。もちろん防音設備も完璧にしてある」

地下牢があるなど異常すぎる。麻薬まで打たれて、いったいなにをはじめるつもりなのだろう。これまで数々の犯罪組織を目にしてきた美奈子も、気持ちの余裕をなくしていた。

「今のうちに素直になっておいたほうが身のためだぞ」

「あなたたちの言いなりにはならないわ」

強がっているが、胸のうちでは不安がひろがっている。縛りあげられたことで、弱みを見せないように必死だった。

「これまでに何人もの人間がここに囚われてきた。そいつらが、どうなったか知りたいか？」

権藤はもったいぶって言葉を切ると、片頰にいやらしい笑みを浮かべた。

「男の場合は洗いざらい吐くまで尋問される。女の場合……とくにおまえみたいな美人は、牝奴隷になるまで調教されるんだ」

「な……なにを……」

「麻薬を打たれた女がどうなるか知らないだろう。こいつは媚薬《びやく》効果があるから性感が刺激されて、感度が異常にアップするんだ」

しゃべりながら再びナイフで、美奈子の服を切り刻みはじめる。ぼろ切れのようになったジャケットを、身体から引き剝がされた。スカートもファスナーをおろされて、あっさり奪われてしまった。

「ああっ、やめなさい！」

無駄だとわかっていても、黙っているわけにはいかない。ナチュラルカラーのストッキングに包まれた下半身が剝きだしになり、白いパンティが透《す》けてしまう。懸命に身をよじるが、結局にらみつけることしかできないのが悔しかった。

「俺は生脚のほうが好きなんだよ」

ストッキングに爪を立てられて、ビリビリと破かれていく。白レースのパンティが露わになり、暴力的に脱がされていることを嫌でも実感した。

「これ以上したら許さないわ！」

「ほう、どう許さないんだ？」

「くっ……やめて！」

美奈子の拒絶する声と繊維の裂ける音が、冷たいコンクリートの壁に反響する。ストッキングは瞬く間に剝ぎ取られて生脚が晒された。こうなるとハイヒールを履いたままなのが、かえって恥ずかしかった。

「綺麗な脚じゃないか。肌が白いから、縄がよく映えるな」

男の手が縛られた足首を撫でまわしてきた。

「触らないで！」

「ふふっ、いつまでその調子でがんばれるかな？　せいぜい強がってくれよ。生意気な女刑事さん」

「だから、わたしは刑事なんかじゃ……」

啖呵《たんか》を切ろうとするが、最後まで言うことができずに黙りこんだ。

身体が急激に熱くなっていた。内側から燃えるような熱気が湧きあがってくる。それと同時に経験したことのない息苦しさに襲われて、激しい衝撃を受けたように頭がクラッとした。

「麻薬が効けば、どんなに気の強い女でも言いなりになる。刑事じゃないって言い張るなら、焦《じ》らし責めにかけて正体をじっくり聞きだしてやろう」

ナイフの刃がブラウスを切り裂いていく。ついに身体から引き剥がされると、白いブラジャーが露わになった。

「ああっ、いやっ」

下着姿に剝かれて、思っていた以上の羞恥がこみあげてきた。

完熟ボディに纏っているのは、純白レースのブラジャーとパンティ、それにハイヒールだけ。腰がくびれているので、乳房と臀部《でんぶ》の豊かさがより強調されている。脚は一見スラリとしているが、太腿にはむちっと脂が乗っていた。

「ほう、いい熟れ具合だな」

「いやらしい身体ね。男に媚《こ》びてる感じがするわ」

権藤が感心したようにつぶやけば、麻耶が憎々しげな言葉をかけてくる。男の卑猥な目と、女の嫉妬混じりの瞳が、柔肌を好き勝手に蹂躙《じゅうりん》していた。

(こんな連中に……悔しい)

顔は熱く上気して、鏡を見なくても赤く染まっているのがわかった。

夫以外に下着姿を見られているなんて考えられない。性体験がそれほど多くないので、羞恥心がより大きくなってしまう。しかも、目の前にいる二人は麻薬に関わる犯罪者だ。屈辱的であればあるほど、羞恥も比例して大きくなった。

なんとか拘束を解こうと腕や脚に力をこめてみるが、縄が肌に食いこむだけでどうにもならない。こうしている間にも麻薬が効力を発揮して、全身の皮膚にじっとりと汗が滲みはじめた。

「身体が熱くなってきたんだろう。どうやら効いてきたみたいだな」

権藤がベッドにあがり、美奈子の下肢にまたがってくる。そして、両手の指先で脇腹を撫であげてきた。

「ひうッ！」

思わず裏返った声が漏れだす。軽く触れられただけなのに、身体がビクッと跳ねあがった。

(ど、どうして？)

皮膚感覚が鋭くなっている。くすぐったさが異常に増幅されて、四肢の先まで突き抜けた。まるで電流のように激しい刺激だった。

「いい反応だ。こんなの初めてだろう？」

もう一度、脇腹をすっと撫でられる。今度こそ耐えようとするが、またしても背筋が激しくのけぞった。

「くあッ！　や、やめてっ」

　とてもではないが我慢できずに叫んでしまう。

　もう自分の身体とは思えない。全身が燃えあがったように熱くなり、かつてないほど敏感になっている。これまでに体験したことのない感覚だった。

（これが、麻薬の効果なの？）

　美奈子は内心焦っていた。

　いつしか頭のなかに靄《もや》がひろがり、思考がぐんにゃりと歪んでいる。身体が宙にふんわりと浮かぶような感覚に包まれていた。急激に現実感が薄れて、夢のなかをさ迷っているようだった。

「せっかくだから、ビデオに撮っておこうかしら」

　麻耶があらかじめ用意してあったビデオカメラで撮影をはじめる。さも楽しそうに構えて、身体をまさぐられる美奈子にレンズを向けてきた。

「なにを撮って……ひうッ！」

　男の指先がブラジャーに触れてくる。乳房を包みこむカップの下側をすっとなぞられて、こらえきれない嬌声《きようせい》が溢れだした。

「やめてほしかったら、正体を明かすんだ」

「うぅっ、こんなことされても……はンンっ」

「いい根性だ。感度も抜群だな」

権藤は顔を覗きこみながら、指先をじわじわと動かしている。決して慌てることなく、今度はカップの上端をなぞりはじめた。

「はうっ……な、なにが楽しいの？」

美奈子は懸命に声をこらえて、二人の顔をにらみつける。しかし、女を監禁するような連中が、それくらいで怯《ひる》むはずもなかった。

「いい女が苦しむ顔を見てるのって、最高に楽しいわ」

「威勢がいいほど、嬲《なぶ》り甲斐があるからな」

ビデオカメラで撮影されながら、柔肌を延々と刺激される。体温がさらにあがり、全身の皮膚が汗でヌメヌメと光りはじめた。

（ああ、ダメ……しっかりしないと）

ともすると理性が流されてしまいそうだ。麻薬の効果は絶大で、どこに触れられても妖《あや》しい感覚が湧きあがってしまう。徐々に嫌悪感が薄れていき、皮膚感覚はさらに敏感になっていた。

「ずいぶん暑そうだな。ブラジャーを脱がしてやろう」

権藤はナイフを取りだすと、刃を上向きにして乳房の谷間にねじこんだ。

「ちょ、ちょっと待って、それは……」

下着まで脱がされるとわかり、慌てて訴えるが無視されて、ナイフがゆっくりと軽くスライドしていく。

「やめて！」

「刑事だって認めればやめてやる」

「だ、誰が……ああっ！」

言い淀んだ途端、ブラジャーはいとも簡単に切り裂かれてしまう。カップが勢いよく弾け飛び、量感たっぷりの乳房がまろび出た。

白くて柔らかい双つの膨らみが、まるでプリンのようにフルフルと揺れている。肌理の細かい肌が滑らかな曲線を描いており、膨らみの頂点には淡いピンク色の乳首がちょこんと乗っていた。

「おおっ、これほどの乳房にはなかなかお目にかかれないな」

権藤が目を見開いてつぶやき、肩紐も切ってブラジャーを完全に取り去った。

「そ、そんな……」

手で隠したくても、背後でしっかり拘束されている。無防備に晒された乳房を観察される羞恥で、体温がさらに上昇するのがわかった。

「ふうん、なんか憎たらしいわね」

麻耶はつまらなそうに言うと、カメラを乳房に近づけてきた。

硬くしこった乳首をアップで撮影されて、美奈子は思わず顔を左右に振った。目に映るものすべてが歪んで見えるのは、きっと麻薬のせいだろう。

「やめて、撮らないで」

「そんなこと言いながら興奮してるんでしょう？　触られてもないのにいやらしく乳首が勃《た》ってるじゃない」

意地の悪い言葉をかけられて、美奈子は思わず下唇を小さく嚙んだ。

指摘される前から気づいていた。麻薬を打たれた影響で全身の感度があがり、ブラジャーのカップで擦れた乳首がいやらしく尖《とが》り勃ってしまった。硬くなったことでさらに敏感になり、先ほどからジンジンと痺《しび》れていた。

「どれ、揉み心地を試してみるか」

「はぁっ……」

乳房の下側に手のひらをあてがわれて、溜め息にも似た声が漏れだす。

まだ柔肌に触れられただけだというのに、乳房全体が熱く火照《ほて》っていた。さらに指がそっと曲げられて、柔肉にめりこんでくる。途端に乳房が蕩《とろ》けそうな感覚がひろがった。

「はンンっ」

「柔らかいな。マシュマロを揉んでるみたいだ」

「ンンっ……やめて」

抗《あらが》う声は弱々しい。口を開くといやらしい声が漏れそうで、もうまともにしゃべることができなかった。

（わたしの身体……どうなってしまったの？）

卑劣な男に嬲られているのに、敏感に反応してしまう。嫌で仕方がないのに、触れられると身体は勝手に燃えあがった。

「これだけでも感じるだろう。もっと揉んでほしいか？」

権藤がゆっくりと乳房を揉みしだいてくる。左右の柔肉を捏《こ》ねるように、指先を芯まで沈みこませてきた。

「はううっ、そ、それ、ダメぇ」

頭のなかに立ち籠めた靄が、ピンク色に染まっていく。男の指先は柔肉を揉みほぐすだけで、乳首には決して触れようとしない。それがもどかしくて、腰がくなくなと揺れはじめていた。

「ふふっ、我慢できなくなってきたんでしょう？」

「そ、そんなはず……ンンっ」

ときおり麻耶がからかいの言葉をかけてくるが、とうに反論する余裕はなくなっている。全身の毛穴から汗がどんどん噴きだし、呼吸も少しずつ荒くなっていた。

「いい感じにほぐれてきたところで、そろそろ話してもらおうか。おまえは何者なんだ？」

権藤は左右の乳房の表面を、くすぐるように撫でまわしながら質問してくる。指先で軽く掃くだけのフェザータッチだ。決して乳首には触れることなく、もどかしい刺激だけを送りこんできた。

「ンっ……ンンっ……」

美奈子は額に汗を浮かべて、首をゆるゆると左右に振った。

先ほどまでとは正反対の繊細すぎる愛撫だ。汗ばんだ乳房を、指先だけでやさしく撫でまわされる。しかも、乳首はおろか乳輪にも触れることなく、ギリギリの位置を旋回していた。

（ああ、こんな触り方されたら……）

麻薬の媚薬効果で感じやすくなった身体は、激しい刺激を求めている。心ではいけないと思っても、肉体は確実に燃えあがっており、切なさでたまらなくなっていた。

「名前は吉岡美奈子、東京から来た女刑事。違うか？」

権藤が呪文のように繰り返す。指先をゆっくり蠢《うごめ》かしているが、肝心な部分には決して触れようとしなかった。

「し、知らない、人違いよ……はううっ」

思わず頷きそうになるのをこらえて、懸命に否定の言葉を吐きだした。

「本当のことを教えれば気持ちいいことをしてやるぞ」

「ンぅっ、い、いやっ……ンンっ」

指先が乳首に近づいてくると、無意識のうちに上半身をよじってしまう。逃げようとしたのではなく、自分から触れられるように動かしていた。ところが、指先は意地悪く、すっと離れてしまう。

「ああンっ……」

つい残念そうな声が溢れだす。はっとして顔を背けるが、物欲しそうな表情をビデオカメラに撮られてしまった。

「ふふっ、すごくいい顔してたわよ」

麻耶が唇の端にいやらしい笑みを浮かべて語りかけてくる。美奈子が苦悶している様を見て、明らかに楽しんでいた。

「もうたまらないんでしょう？　早く咥《くわ》えこみたくて我慢できないんでしょう？」

「や、やめて……そんなはず……」

否定する声が上擦ってしまう。乳房の表面を指先が蠢くたび、上半身が小刻みにヒクついた。

「アソコはもうグショグショだったりして」

麻耶に指摘されて、思わず内腿を擦り合わせる。その瞬間、股間の奥でクチュッという湿った感触がひろがった。

「い、いや……」

認めたくないが、濡れているのは間違いない。犯罪者に無理やり身体をまさぐられて、華蜜が溢れだしてしまった。捜査官としてこれほど屈辱的なことはない。もちろん、人妻としても許されることではなかった。

「どうやら当たったみたいね。わたしの作った麻薬が最高だってこと、わかってくれたかしら？」

麻耶はすべてを見透かしたように、妖艶《ようえん》な笑みを浮かべた。

「じゃあ、そろそろ見せてもらうとするか」

権藤が折り畳み式ナイフを取りだし、片頬をいやらしく吊りあげる。そして、美奈子の腰にまたがっていたのを足首のほうへとずらし、パンティの腰の部分に刃先を滑りこませてきた。

「ま、待って、それだけは……」

慌てて懇願するが、もちろん聞き入れてもらえない。あっさりレースのパンティを切られて、股間から引き剝がされた。

「だ、だめぇっ」

情けない声が虚しく響く。ついに最後の一枚を奪われて、美奈子が身に着けているのはハイヒールだけとなってしまった。

脚を閉じて内腿を擦り合わせるが、魅惑の曲線を描いて膨らむ恥丘を隠すことはできない。生い茂る漆黒の陰毛は、大量の汗で心なしか湿っていた。

「あら、ずいぶん毛深いのね。お手入れはしていないのかしら？」

カメラのレンズが股間に近づいてくる。恥丘をアップで撮影されて、小馬鹿にした言葉をかけられた。

「うっ、こ、これだけ辱めれば充分でしょ」

「なにを言ってる。まだ肝心なところが見えてないだろう」

権藤はいったん美奈子の脚の上からおりると、縛られている足首を摑んで持ちあげにかかった。

「ああっ、やめて、い、いやっ」

なにをされるのか悟り、思わず大きな声を響かせた。仰向けの状態で両脚を垂直にあげられて、太腿の裏側が露わになる。女性器も剝きだしになり、二人の視線が集まってきた。

「見ないでっ、離しなさいっ」

美奈子は身をよじって叫ぶが、むしろ羞恥の声は逆効果で、嫌がる女を嬲るという権藤たちのサディスティックな行為を加速させた。

「なにこれ、大洪水じゃない。よっぽど感じてたみたいね」

麻耶はわざと呆れたように言いながら、ビデオカメラで舐めるように撮影する。そして、撮ったばかりの映像を小型の液晶画面で再生して、わざわざ美奈子に見せつけてきた。

「ほら見て、こんなに濡らしてるのよ」

「い、いやっ」

すぐに顔を背けるが、チラリと視界に入ってしまった。

若干、色素沈着の見られるピンクの陰唇が、たっぷりの華蜜で濡れ光っていた。麻薬を注射されて愛撫を施されたことで、恥ずかしいほどに濡らしている。わかってはいたが、実際に見て確認したショックは大きかった。

「こいつはすごいな。グチョグチョじゃないか」

権藤がギラつく目で眺めまわしてくる。荒い息遣いが陰唇に吹きかかり、背筋がゾクッと寒くなった。

「み……見ないで……」

思わず弱々しい声でつぶやいた。

夫にすら明るい場所で見られたことはない。夫婦の営みは、いつも照明を落とした寝室と決まっていた。貴也は明るい部屋でしたいようだったが、美奈子が恥ずかしがるので無理強いはしなかった。

それなのに、卑劣な犯罪者に性器をじっくりと観察されている。しかも、股間は麻薬のせいとはいえ、しとどの蜜で濡れていた。

(こんなことって……ああっ、貴也さん)

頭の片隅に夫の顔を思い浮かべる。この窮地を乗りきらなければ、再会することはできない。しかし、あまりの羞恥に気が遠くなりそうだった。

「たまらない眺めだな。いろいろ聞きたいことはあるが後まわしだ」

権藤がいきなり服を脱ぎはじめる。興奮が最高潮に達したのか、目が血走っていた。

「ふふっ、わたしはお邪魔なようですね」

麻耶は楽しそうにつぶやき、ビデオカメラを三脚にセットする。そして、意味深な視線を送ってきた。

「せいぜい可愛がってもらうのね。麻薬を打ってセックスすると最高よ。どんなにお堅い女でもイキまくるんだから。きっと女刑事でもね」

ほっそりとした指で頬を撫でられて、美奈子はそれだけで「ああっ」と声を漏らしてしまう。全身が性感帯になったような状態だった。

「じゃあね。後はお二人でごゆっくり」

麻耶は白衣を翻《ひるがえ》して背中を向けると、軽やかな足取りで地下牢を後にした。

4

「さてと、二人だけになったことだし、ゆっくり楽しもうじゃないか」

権藤は服を脱ぎ捨てて全裸になっていた。

スーツのときは細身に見えたが、筋肉質のがっしりした体型だ。股間からは逞《たくま》しすぎる男根がそそり勃ち、まるで獲物を狙うコブラのように揺れていた。

（えっ……！）

美奈子は眉間に縦皺《たてじわ》を刻みこんだ。裸電球の頼りない光に照らされて、巨大な男根が禍々《まがまが》しい陰影を作りだしていた。

大きく弓なりにカーブし、先端が臍に届きそうなほど長さがある。カリの部分は鋭く張りだして、胴体部分は浅黒くて驚くほど太かった。そして、亀頭の鈴割れ部分からは、透明な汁が涎のように滴《したた》っていた。

（こんなに大きいなんて……）

男の股間から視線を逸らせなくなってしまう。

あまりにも長大なペニスを目の当たりにして、すっかり怖《お》じ気《け》づいていた。とても人間の体の一部とは思えないものだった。女を犯すための器官——肉の凶器と呼ぶのが相応《ふさわ》しい迫力に満ちていた。

「どうやら、お気に召したようだな」

権藤はニヤつきながら、これ見よがしに股間を突きだしてくる。そうやって女が怯える様を楽しんでいるのだ。

(まさか……こ、こんなモノで……)

これから自分の身に降りかかる運命を想像して、美奈子は思わず首を左右に振りたくった。麻耶が出ていってわざわざ二人きりにしたのだから、この男がすることといったらひとつしかない。

「麻薬が効いてるんだ。最高の快楽を味わえるぞ」

「あっ……な、なにを?」

拘束された身体をうつ伏せに転がされたと思ったら、腰を摑んで強引に持ちあげられる。麻薬も効いているので抵抗できない。頬と肩をシーツに押しつけて上体を支える、膝立ちの姿勢を強要されてしまった。

「い、いやっ、こんなの」

ヒップを後方に突きだす恥ずかしい格好だ。足首も縛られているので、正座から尻を浮かせて、上半身を伏せたような状態になっている。ハイヒールのつま先が、シーツに食いこんでいた。

「いい尻をしてるじゃないか。この腰つきがたまらないな」

背後に陣取った権藤が、くびれたウエストラインを撫でまわしてくる。それだけで感度がアップした身体はビクンッと震えてしまう。

「はうンっ……」

嫌でたまらないのに、またしても愛蜜が溢れだすのがわかった。

「そんなに尻を振ってどうした？　まるで犯してくださいと言ってるようだな」

「なにを言ってるの、そんなはず……ああっ」

濡れそぼった陰唇に硬いものが押し当てられる。思わず艶《なま》めかしい声をあげて、背筋を弓なりに仰《の》け反らせた。

「そ、それだけは……」

レイプの恐怖が押し寄せてくる。悔しくてならないが、黙っていることはできなかった。

「やめて……挿《い》れないで」

「生意気な女刑事も犯されるのは怖いのか？」

「くっ……」

「ふふふっ、突っこめばすぐに夢中になるさ。麻薬の効果を体感させてやる。遠慮することはない、何回イッてもいいからな」

ついに巨大な亀頭が沈みこんできた。

「あああッ！　だ、だめえっ、あああッ」

肉唇が内側に押し開かれて、みっしり詰まった媚肉のなかに分け入ってくる。張り詰めた肉の塊が、無遠慮に女壺のなかを進んできた。

「はあああッ、いやっ、ひあああああッ！」

犯罪者のペニスを深々と挿入されてしまった。

屈辱の絶叫を響かせるが、同時に鮮烈な快感が突き抜けた。大量に溜まっていた華蜜が溢れだし、結合が瞬く間に深まっていく。太幹をズルズルと送りこまれて、膣口がかつてないほど大きくひろがった。

「どんどん嵌《はま》るぞっ、おおおっ」

「かはッ、や、やめ……そ、それ以上は……はンンッ」

女壺を埋め尽くされていく感覚に恐怖を覚える。すでに夫では届かなかった場所まで、亀頭の先端が到達していた。

(た、貴也さん、ごめんなさい……わたし……)

夫の顔を思い浮かべて謝罪する。犯されたとはいえ、裏切ってしまった事実に変わりはない。いかなる理由があろうと、妻として許されることではなかった。

罪悪感がこみあげて、ふいに涙腺が緩みそうになる。しかし、涙を見せれば付け込んでくるのは間違いない。奥歯を強く食い縛り、噴きだしそうになる悲しみを懸命にこらえた。

「俺のはでかいだろう。もっと奥まで行くからな」

「い、いや、やめて……はううッ」

さらに勃起をねじこまれる。美奈子は為す術もなく、ただ背後で縄掛けされた両手を握り締めていた。

「そらッ！」

「あああッ、ふ、深いっ、あッ……はあああッ！」

ついに根元までズンッと叩きこまれて、淫らがましいよがり声が迸《ほとばし》る。

強く閉じた目蓋の裏で、眩《まばゆ》い火花が飛び散った。ペニスの先端で子宮口を圧迫されて、重苦しい感覚がひろがっていく。頭のなかが真っ白になり、尻たぶに小刻みな痙《けい》攣《れん》が走り抜けた。

（や、やだ……わたし……）

快感で全身が痺れている。挿入されただけで軽い絶頂に達してしまった。こんなことは初めての経験だった。

「なんだ、挿れただけでイッたのか。淫乱な女だな。まだまだこれからだぞ」

権藤が笑いながら、震えるヒップを撫でまわしてくる。極太を根元まで埋めこんだまま、子宮口に体重をかけていた。

「苦し……抜いて」

蜜壺にペニスを埋めこまれていると、絶頂の余韻《よいん》がいつまで経っても引いてくれない。全身の細胞がざわめいており、膣が意志とは無関係に収縮していた。

「そんなに締めつけたら抜けないぞ」

「締めてなんて……はううっ」

男根が後退をはじめて、大きく張りだしたカリが膣壁を擦っていく。まるで粘膜を掻きだすように、ゴリゴリと摩擦していた。

「あっ……あっ……」

足首を縛られて脚を閉じているため、膣道が狭くなっている。ただでさえ巨大なペニスの存在感が増しており、その状態で引き抜かれると、まるで蜜壺をめくり返されるような気分になった。

「ひああッ、やめて、ああッ、動かないでっ」

「感じすぎて怖いのか？　なあに、すぐにもっとしてほしくなるさ」

権藤は亀頭が抜け落ちる寸前まで腰を引くと、再びじわじわと埋めこんでくる。いったん閉じた媚肉を掻きわけて、亀頭を押し進めてきた。

「ダ、ダメっ、もう……あぁっ」

「快楽に身をまかせるんだ。そうすれば、もっと気持ちよくなれるぞ」

またしてもペニスが根元まで入りこみ、子宮口をじんわりと圧迫される。それだけで頭のなかがピンクに染まり、危うくまた昇り詰めるところだった。

「くううっ……」

眉間に縦皺を刻みこみ、縛られた両手を強く握り締める。危ういところだったが、なんとか絶頂の波を押し返した。

（も、もう絶対に……感じたりしない）

心のなかで強く誓う。これ以上、夫を裏切るわけにはいかない。気持ちをしっかり持っていれば、感じることはないはずだ。どんなに身体を穢されても、心は綺麗なままでいたかった。

「今度はイカなかったな。それじゃあ、本格的にはじめるとするか」

権藤はわざわざ宣言すると、ピストン運動を開始する。腰をゆったりと振り、鉄のように硬くなったペニスで蜜壺内を掻きまわしてきた。

「あっ……いや……はンンっ」

声が漏れそうになり、慌てて下唇を強く嚙む。すべての感覚を遮断しようと両目を強く閉じ、自分はなにも感じない人形なんだと言い聞かせた。

「抵抗しても無駄だぞ。一度イッたのに、まだわからないのか？」

腰を振るスピードが速くなる。巨大なペニスが出入りを繰り返し、膣壁を削るように刺激された。

「くっ……うう……ンああっ」

「ほら、たまらないだろう？　もっと声を出してみろ」

「あっ……ああっ……や、やめてっ」

絶対に感じないと誓ったにもかかわらず、すぐに喘ぎ声が漏れてしまう。麻薬で感度がアップしているうえに、絶頂の余韻が全身に色濃く残っている。昂ぶりきった女体を責められて、新たな愛蜜が溢れだしてきた。

「ああッ、ダメっ、あああッ」

極太のペニスが一往復しただけで、夫との夜の営みでは体験したことのない快楽のうねりが襲いかかってくる。膣がキュウッと収縮して、勝手に男根を締めつけてしまう。成熟した女体が震えだし、自然と背筋が反り返った。

「うおっ、また締まってきたな」

権藤が嬉しそうにつぶやき、腰の動きを加速させる。長大なペニスを力強く打ちこまれて、子宮口をコツコツと叩かれた。

「当たってるのわかるか？　ほら、ここがいいんだろう？」

「あひッ、お、奥ばっかり……あッ……ああッ」

もう自分を誤魔化せない。夫以外の男に犯されて、どうしようもないほど感じている。全身の毛穴から汗が噴きだし、ペニスを咥えこんだ股間からは発情の汁が溢れていた。

（いやなのに……どうしてなの？）

どす黒い快楽が膨れあがっていく。美奈子は瞳に屈辱の涙を浮かべて、いつしかヒップをくねらせていた。

「もうたまらないって感じだな。もっと奥を突いてやる」

「ああッ、やめてっ……ひああッ、もうダメぇっ」

自分の身体の反応が理解できない。極太のペニスを抜き差しされて、またしても絶頂の気配が急速に近づいてきた。

「い、いやっ、もう絶対に……」

「くおッ、この締まり……ぬううッ」

権藤が低く唸りながら、ドンッ、ドンッ、と腰を打ちつけてくる。快感の火花が脳天まで突き抜けると、ついに膣道が収縮して男根を締めあげた。

「あああッ、も、もうっ……あああッ」

「き、きついっ、おおおッ、おおおおッ」

根元まで埋めこまれたペニスが、さらにひとまわり膨らんだ。その直後、まるで意志を持った生物のように激しく跳ねまわった。

「で、出るっ、ぬおおおおおおおおッ！」

「はああッ、な、なかはダメっ、いやっ、いやぁっ、あぁあああああッ！」

亀頭の先端から熱い粘液が噴きだし、子宮口に浴びせかけられる。ハイヒールのつま先に力がこもり、シーツに強く食いこんだ。全身が砕けそうなアクメの大波が押し寄せて、あっという間に呑みこまれた。

大量のザーメンを注ぎこまれた下腹部が波打ち、蜜壺が最後の一滴まで絞り取るように男根を締めつける。

「あああっ……はあああンっ」

美奈子はあまりの快楽にだらしなく涎を垂らし、あられもない嬌声を振りまいた。

「ふぅっ……この俺が、こんなに早く出すとはな」

権藤は満足げにペニスを引き抜くと、亀頭を尻たぶに擦りつけて精液と愛蜜の残滓《ざんし》を拭《ぬぐ》った。

「うぅっ……」

ようやく解放されて、美奈子は汗ばんだ身体をシーツの上に横たえた。

麻薬を打たれたとはいえ、まさか二度も達してしまうとは思わなかった。経験したとのない愉悦《ゆえつ》に翻弄《ほんろう》されて、もうなにも考えられなくなっていた。

「おい、寝てるんじゃやないだろうな。いろいろ聞きたいことがあるんだ」

男の声が遠くに聞こえるが、答える気にはならない。微動だにせず、ぐったりと倒れこんでいた。

「仕方ないな、ちょっと待ってろ」

権藤は呆れたようにつぶやくと、全裸のままいったん地下牢から出ていった。

（こんなことって……）

ひとり残された美奈子は、裸体を胎児のように丸めた。

たっぷり中出しされたザーメンが、恥裂からドロリと逆流するのがわかる。あまりにも惨《みじ》めで、ともすると涙が溢れそうになった。

しかし、心まで屈したわけではない。夫のことを思うと、落ちこんでなどいられなかった。

「起きてるか？」

しばらくして、権藤が戻ってくる。手には注射器が握られていた。

「特別サービスでもう一本、この最高級の麻薬を打ってやる」

「そんな……もう……」

「今度は時間をかけて嬲ってやろう。おまえが何者なのか、どういうつもりで忍びこんだのか、洗いざらいしゃべってもらうぞ」

腕に注射針を突き刺されて、麻薬を注入される。頭がぼんやりしているせいか、注射針を刺された痛みはほとんど感じなかった。

「二本も打てば言いなりだ。もうおまえはただの肉人形だな」

権藤は早くもペニスをそそり勃たせて、ベッドにあがってくる。そして、美奈子の身体を仰向けにすると、足首を縛っていた縄を折り畳み式ナイフで切断した。

「尋問するなら顔が見えたほうがいいからな」

正常位で犯すつもりなのだろう、拘束を解かれた脚を権藤によって大きくひろげられた。内腿の付け根は、逆流したザーメンでドロドロになっていた。

「我ながら大量に出したもんだな」

権藤が薄笑いを漏らして股間を覗きこんだ。

一度の射精ではまったく満足しておらず、早くも鼻息を荒げている。完全に気を抜いており、警戒心の欠片もなかった。

(今しかない！)

千載一遇のチャンスだ。ついに待ちに待った瞬間が訪れて、美奈子の精神は一瞬にして覚醒《かくせい》した。双眸《そうぼう》をカッと見開くと同時に、自由になった脚を躍らせて渾身のハイキックを男の側頭部に叩きこんだ。

「セイヤァァッ！」

「うげッ」

低い呻き声とともに、権藤の黒目が反転した。意識の飛んだ体がどっと崩れ落ちる。おそらく、本人は状況を把握していないだろう。美奈子の隣で仰向けになり、口の端から泡を吹いていた。

しかし、安堵している暇はない。

美奈子は身体を起こすと、背後で拘束されている手で、ベッドの上に放りだされている折り畳み式ナイフを握った。そして、手首を縛っている縄を切っていく。ところが、麻薬の影響で、細かい作業が上手くできなかった。

（くっ……急がないと）

気絶している権藤が、すぐに息を吹き返すことはないだろう。だが、いつ仲間が駆けつけてくるかわからない。かなり体力を消耗しており、まともに戦うのは危険な状態だった。

焦りながらも、なんとか縄を切断をすることに成功した。

脱がされたスカートを穿き、切り裂かれてボロボロになったブラウスとジャケットを纏った。ブラジャーとパンティは用を成さない状態だったので諦めた。

脱ぎ捨ててあったワイシャツで、権藤を後ろ手に縛りあげた。さらに猿ぐつわ代わりにトランクスを口に押しこみ、スラックスで顔を覆って後頭部で結んだ。

スーツの内ポケットから、万年筆型カメラを回収する。これさえあれば、犯罪を立証することができるのだ。

ふらつきながら鉄の扉に歩み寄り、そっと隙間を開けて廊下を確認する。美奈子が脱出できるとは思いもしなかったのだろう、警備をしている者はいなかった。

（貴也さん、必ず助けに来るから……）

おそらく夫は、通路を挟んだ向かい側の部屋にいる。鉄の扉を開ければ、ここと同じ地下牢になっていると踏んでいた。

夫を助けたいが、ひとりでは太刀《たち》打ちできない。今は自分が脱出することだけを考えるべきだ。二人とも捕まってしまっては意味がなかった。

麻薬の影響で頭が朦朧としている。とにかく、山の麓まで走り抜けるしかない。美奈子は意を決すると、薄暗い廊下に飛びだした。

# 第三章　屈辱の裏切りレイプ

## 1

美奈子は廊下に仕掛けられた赤外線センサーを避けながら、潜入したときと同じ経路を逆に辿って裏口から脱出した。

追っ手を警戒して道路は使わない。雑草が生い茂る森のなかを、ハイヒールで駆けおりていく。頭上に覆い被さる木々の隙間から、かろうじて月明かりが差しこみ、ところどころ足もとを照らしていた。

服はナイフで切り裂かれて、肌が大胆に露出している。さらにブラジャーとパンティも着けていない。なんとも心許ないが、とにかく今は逃げることが先決だった。

ジャケットの内ポケットには万年筆型カメラがある。

このカメラに映っている写真を証拠として提出すれば、警察上層部もすぐに動いてくれるはずだ。

（あなた、すぐに助けに戻るから……）

大至急、貴也を助けなければならない。こうしている間も、酷《ひど》い拷問を受けているかもしれないのだ。

疲労の蓄積した身体に鞭《むち》打って、息が切れるまで走りつづける。脚が棒のようになり、倒れる寸前になってようやく立ち止まった。

「ハァ……ハァ……」

汗だくになって呼吸を乱しながら山頂を振り返ると、いつの間にか施設の明かりが豆粒のように小さくなっていた。

夢中になって走っているうちに、ずいぶん進んでいたらしい。すでに山の中腹を過ぎて、麓《ふもと》まであと少しというところまで来ていた。追っ手もないようなので、なんとか逃げきれそうだ。

「あんっ……」

再び走りだそうとした、まさにそのときだった。下腹部の奥がジーンと痺れて、足を踏み出せなくなる。子宮に妖しい感覚が湧き起こり、波紋のように四肢の先までひろがった。

（あと少しなのに……）

原因はわかっている。権藤に打たれた二本目の麻薬が、悪魔の効力を発揮しはじめたのだ。

走ったことで薬のまわりが早まったのかもしれない。全身が熱くなって、独特の浮遊感に包まれている。頭のなかにピンク色のフィルターがかかり、思考がぐんにゃりと歪んでいた。

この麻薬の媚薬効果は嫌というほどわかっている。このままでは、一歩も動けなくなってしまう。

「くっ……い、急がないと」

目眩《めまい》に襲われながらも、懸命に歩こうとする。ところが、二、三歩進んだだけで足がもつれそうになり、近くの大木に寄りかかった。

心臓がバクバクと音をたてている。

息が乱れていた。身体が燃えるように熱い。スカートのなかで内腿を擦り合わせると、股間の奥でクチュッと蜜が滴るのを感じた。

(やだ、こんなときに……)

異常なまでの疼きが膨れあがり、思わずスカートの上から股間を押さえつけた。

「あううっ」

たったそれだけで、ズウンッと響くような快感が押し寄せてくる。内股になった状態で、恥丘をさらに強く握り締めた。

「ダ、ダメっ……あぁっ」

こんなことをしている場合ではない。手遅れにならないうちに、夫を救出しなければならないのに……。

頭の片隅ではそう思っているが、麻薬によって高められた性欲を、精神力で抑えこむことは至難の業《わざ》だ。こうして大木に背中を預けて恥丘を摑んでいると、今にも昇り詰めそうになってしまう。

「あっ……あぁっ……」

自然と内腿をもじもじ動かして、陰唇に刺激を送りこもうとする。しかし、達するほどの快感は得られず、むしろ焦燥感ばかりが募っていった。

(そんな、どうしたらいいの？)

歩くこともままならない状態だ。この異常なほどの疼きをなんとかしなければ、もう下山できそうになかった。

「い、いけない……のに……」

スカート越しに恥丘を摑んでいる指が、じりじりと股間の奥に伸びていた。布地を押しこみながら内腿の付け根に入りこみ、恥丘からつづく縦溝をなぞっていく。

「はあッ！」

右手の中指がクリトリスに触れて、雷に打たれたような刺激が突き抜ける。腰がビクッと跳ねあがり、鮮烈な快感がひろがった。

（こんなことをしていてはダメ……今は急がないと）

早く麓におりて、GH化学薬品株式会社の犯罪行為を立証する写真を警察上層部に提出しなければ……。

しかし、指はますます股間に入りこんでしまう。布地越しに触れている肉芽は瞬く間に大きくなり、さらに感度がアップしていた。

疼きは成長する一方で、いっこうに小さくなる気配がない。やはり一度アクメに達しなければ、鎮《しず》めることはできないのだろう。

（あなた、許して……仕方ないの……）

美奈子は心のなかで夫に謝罪すると、スカートの裾《すそ》をそろそろとたくしあげた。ちょうど木々の間からこぼれてきた月明かりが、股間を青白く照らしている。恥丘に茂る陰毛も、暗闇のなかにぼんやりと浮かびあがっていた。

脚を肩幅ほどに開いて腰を落とし、背中を大木に寄りかからせる。そして、右の手のひらで恥丘を包みこみ、中指を股間に潜りこませた。すぐに指先が勃起したクリトリスを捕らえて、快感電流が全身にひろがった。

「はンンっ！」

昂《たか》ぶりきった身体は、軽い刺激だけでも過敏に反応する。膣口から蜜が溢れて、内腿までぐっしょりと濡らしていた。

(わたし、こんなになるまで……ああっ)

指先で華蜜を掬《すく》いあげて、クリトリスに塗りたくる。クニクニとやさしく転がしてみると、腰が震えるほどの快感がこみあげてきた。左手も乳房に伸ばし、ブラウスの上から揉みこんだ。

「ああっ……い、いい」

思わず恥ずかしい言葉をつぶやき赤面する。それと同時に、胸のうちが罪悪感でいっぱいになり苦しくなった。

(貴也さん、ごめんなさい……)

野外でオナニーに耽《ふけ》っている。夫が苦しんでいるというのに、疼く身体を自分の手でまさぐっていた。

(こうしないと動けないから……一度だけだから……)

すべては夫を助けるため。心のなかでそう繰り返しながら、指先を動かしつづける。たっぷりの華蜜をクリトリスに塗りたくり、左手はブラウスのなかに入れて乳首を摘みあげた。

「あッ……あッ……いい」

切れぎれの喘ぎ声が、暗い森に響き渡る。指の動きを少しずつ早めて、硬くなった肉豆を弾くように転がした。

「ああッ、も、もう……はううううッ！」

声を押し殺して腰をガクガク震わせる。いつしか両脚は、はしたないほど大股開きになっていた。絶頂の波が押し寄せて、一瞬意識が飛びかけた。

頭の芯まで痺れるような快感だった。クリトリスがヒクついて、膣口から新たな華蜜が滲んでいた。

（わ、わたし……自分の指で……）

じつは、オナニーで昇り詰めたのはこれが初めてだった。

夫が仕事でいない夜、ふいに淋しくなったときに右手が股間に伸びることはある。しかし、心地よくなるだけで、絶頂に達することはなかった。

（まだ……まだ足りない……）

疼く身体はさらなる刺激を求めていた。

きっと、麻薬の注射を二本も打たれたせいだ。一度だけのつもりが満足できず、右手の中指をクリトリスから膣口へと伸ばしていた。

「あああッ！」

軽く押しただけで、指が底なし沼に嵌るように沈みこんでいく。これまで指を挿入したことなど、あるはずもなかった。

「ダ、ダメっ……ああッ」

熱く潤んだ媚肉の感触が卑猥すぎる。いけないと思いながらも、指をズブズブと押しこんでしまう。爛《ただ》れた膣粘膜を擦る感触が気持ちよすぎて、挿入をやめることができない。そのまま一気に根元まで押しこんだ。

「ああッ、ダメなのに……い、いいっ、はああッ、またイク、あンンンンッ！」

全身の皮膚に鳥肌がひろがり、快感の波が押し寄せてくる。訳がわからなくなって、瞬く間に二度目のアクメに昇り詰めた。

「ハァ、ハァ……わ、わたし……なにを……」

中指を根元まで挿入した状態で、虚《うつ》ろな瞳を宙に漂わせる。軽く曲げた膝が小刻みに揺れており、大木に寄りかかっていなければ立っていられない状態だった。

（しゃ、写真を届けないと……）

夫の顔が脳裏をよぎる。一秒でも早く救出したい。それなのに、肉体の疼きはまだ収まっていなかった。

（いけないわ、これ以上は……貴也さんが待ってるのよ）

心のなかで自分自身に語りかける。

麻薬の影響で仕方なく自慰行為に耽ったが、快楽に溺れるわけにはいかない。愛する人の命が危険に晒されている。すべてをなげうってでも救助に向かいたいと思っている。それなのに……。

女壺に埋めこんだままの中指をゆっくり引き抜いていく。すると、濡れそぼった粘膜が擦れて、またしても妖しい快感が沸き起こった。

「ンっ……ンンっ」

大量に溢れた愛蜜が、クチュクチュッと淫らな音を響かせている。無意識のうちに左手で乳房を握り締めて、指の間で尖り勃《た》った乳首を挟みこんだ。

「はああッ、ダ、ダメっ……あああッ」

抜きかけた中指を、再び根元まで押しこんでしまう。それだけで腰が砕けそうな快感が押し寄せて、半開きの唇からこらえきれないよがり声が溢れだした。

「あッ……あッ……も、もうっ」

もう我慢できない。二度の絶頂では物足りなくて、指が勝手に動きだす。最初はゆったりした抜き差しだったのが、すぐに激しいピストンに変わっていた。

（貴也さん、許して……こんなわたしを許して……）

夫のことを思うと涙が溢れだす。それでもオナニーをやめることができなかった。

美奈子はもう立っていられず、地面に尻をついた。そして、脚をM字に開いて座りこみ、指を使いつづける。リズミカルに抽送《ちゅうそう》させることで、罪悪感にまみれた快感が高まった。

「ああッ、も、もっと……もっとっ、はあああッ」

暗闇につつまれた森のなかで、頭のなかを真っ赤に染めながら、三度目のアクメの頂《いただき》へと昇り詰めていく。

「あンンッ、ま、また、ああッ、またイッちゃうっ、あなた許して、あああッ、もうダメっ、あああッ、はぁあああああああッ！」

涙を流してどす黒いオルガスムスを貪った。

夫のことを考えるだけで胸が苦しくなるのに、麻薬で疼いた身体は貪欲に快楽を求めていた。肉欲に抗えず、三度も罪深いアクメに達してしまった。それなのに、まだ媚肉は中指を食い締めていた。

## 2

美奈子は後ろめたい気持ちで、山を駆けおりていた。

麻薬で疼く身体を鎮めるためとはいえ、山中でオナニーに耽ってしまった。しかも、淫らな欲望に流されて、結局、自分の指で三度も昇り詰めてしまった。

特殊捜査官として厳しい訓練を耐え抜き、過酷な現場をいくつも経験している。精神力には人一倍自信があったつもりだが、麻薬によって引き起こされた欲求には勝てなかった。

プライドを粉々に打ち砕かれた。大声で泣きわめきたい気分だった。

しかし、そんなふうに落ちこんでいる暇はない。夫を助けたい一心で、自分を叱咤《しった》しながら急な斜面を必死に下った。

ようやく森を抜けて平地に出ると、月明かりに照らされた田んぼの向こうに民家が見えた。

（た、助かった……）

思わず力が抜けそうになった。

しかし、安堵するのはまだ早い。麻薬を打たれてフラフラになった身体で、民家を目指して歩を進める。自分では走っているつもりだが、歩いているのとほとんど変わらないスピードだった。

（空き家……じゃないわよね？）

民家が近づいてくるにつれて、不安がこみあげてくる。

今にも朽ち果てそうな小さな平屋で、とても人が住んでいるとは思えない。夜中なので電気がついていないのは当たり前としても、打ち捨てられたあばら屋といった雰囲気だ。

とはいえ、近所の他の家まではずいぶん離れているので、当たって砕けろの気持ちで玄関に駆け寄った。深夜の訪問で気は引けるが、事態は急を要する。インターフォンのボタンが見当たらないので、木製のドアをノックした。

「夜分すみません」

遠慮がちに声をかける。ベニヤのようなドアは、軽くノックするだけでもたわんで、ミシミシと嫌な音をたてた。

「どなたか、いらっしゃいませんか？」

もう一度声をかけてみるが、室内からはいっさい応答がない。美奈子の切羽詰まった声だけが、深夜の空気を震わせていた。

（お願い、誰か出てきて……お願い）

心のなかで祈りながら、何度もドアをノックする。寝ているのなら、出てくるまで時間がかかるだろう。そう思ってしばらくつづけたが、やはり人の気配は感じられなかった。

諦めて次の民家に向かおうとしたとき、家のなかから微かな物音が聞こえた。そして、ドアの横の磨りガラス越しに、明かりが灯るのがわかった。

「す、すみませんっ、警察の者ですが、ご協力お願いできないでしょうか？」

必死に訴えるが、なにも言葉は返ってこない。それでも、一拍おいて解錠する音がカチャリッと響き、薄いドアがゆっくりと開けられた。

顔を覗かせたのは、背の低い老婆だった。今まで寝ていたのだろう、寝間着姿で訝しそうな視線を向けてきた。

「あっ……」

全身を見まわされて、服がボロボロだったことを思いだす。権藤にナイフで切り裂かれたため、ジャケットとブラウスの裂け目から白い肌が覗いていた。

「こ、これには事情が……」

美奈子は慌てて自分の身体を抱き締めると、肌が露出している部分を手のひらで覆った。

「決して怪しい者ではありません。今は警察手帳を持っていませんが、正真正銘の刑事です。緊急事態なんです。お電話をお借りできませんか？」

なんとか協力を仰ごうと捲したてる。ところが、老婆は無表情のまま、じっと見つめているだけだった。

いきなり夜中に見知らぬ女が訪ねてきて、警察だと名乗っている。しかも、警察手帳はなく、ぼろ切れのような服を纏《まと》っているのだ。この状況では疑われて当然だ。誰でも怪しく思うだろう。

「お願いします！　人命がかかってるんです！」

それでも、美奈子は頭をさげつづける。すると懸命な気持ちが伝わったのか、老婆はドアを大きく開けてくれた。

「どうぞ、お入りなさい」

嗄《しゃが》れた声には抑揚がない。夜中の訪問者で機嫌が悪いようだが、老婆は家にあげてくれた。

「ありがとうございます。ご協力感謝します」

美奈子は深々と腰を折って礼を述べると、泥だらけのハイヒールを脱いだ。そして、板敷きの廊下を裸足で歩き、居間へと案内された。

お世辞にも綺麗とは言えない六畳ほどの和室だった。

背の高い本棚と食器棚のせいで、ただでさえ狭い部屋が余計に狭く感じる。中央に年季の入った丸い卓袱台《ちゃぶだい》があり、擦り切れた座布団がひとつだけ置かれていた。棚の食器もひとつずつしかないので、おそらく老婆のひとり暮らしなのだろう。

つましい生活を送っているようだが、なぜかテレビだけは最新型の液晶で、部屋のサイズに合っていないほど大きいのが滑稽《こっけい》だった。

「お電話、お借りしてもよろしいですか？」

美奈子が声をかけると、老婆は無言のまま頷いた。

部屋の隅にある電話台に乗っているのは、今どき珍しい黒電話だ。受話器を手に取り、暗記してある小田島の携帯番号をダイヤルした。なにかあったとき、まずは相棒に連絡を入れるのがセオリーだ。

小田島とは即席のコンビだが、美奈子に迷いはなかった。霜北村警察署の刑事たちの態度を思い返すと、わずか一日でも行動をともにした小田島のほうが信頼できる気がした。

（なにしてるの、早く出て）

夜中なので仕方ないが、刑事なら条件反射的に起きてほしい。苛々《いらいら》しながら待っていると、ようやく電話が繋がった。

『はい……もしもし……』

小田島の怠そうな声が聞こえてくる。今の今まで寝ていたのだろう、声にまったく張りが感じられなかった。

『起きて、寝てる場合じゃないわよ』

美奈子は苛立ちを隠せず、強い口調で命じていた。

『み……美奈子さん？』

慌てたように声が大きくなる。電話の相手が先輩刑事だとわかり、一気に目が覚めたらしい。

『なにかあったんですか？』

『GH化学薬品の秘密を摑んだわ。細かい説明は後よ。すぐに車を出して』

『は、はいっ、どこに向かえばいいですか？』

小田島の声に緊張感が漲る。緊急事態だということは伝わったようだ。

『ここは、GH化学薬品の近くの……ちょっと待って、電話を代わってもらうわ』

現在位置を正確に伝えるため、美奈子は老婆に電話を交代してもらった。

小田島に住所を訊かれたのだろう、老婆はざらついた声で答えると、その後も何度か頷いてから受話器を置いた。

「ありがとうございます。本当に助かりました」

何度感謝の言葉を述べても足りなかった。

麻薬密売の証拠写真があれば、警察を動かすことができる。ようやく夫を助けだすことができるのだ。

「あんた、そこに座りなさい」

老婆が顎をしゃくって座布団を勧めてきた。

「ずいぶん、お疲れの様子だね。お茶を淹れるよ」

「あ、どうぞお構いなく。表で同僚が来るのを待ちますから」

夜中に押しかけておきながら、これ以上迷惑をかけられない。遠慮しようとするが、老婆はキッチンへと向かってしまった。

無愛想に見えるだけで、人はいいのかもしれない。無下に断るのも悪い気がして、美奈子は座布団に正座をした。

ゆっくりお茶を飲んでいる気分ではないが、焦ったところでどうにもならない。今は小田島の到着を待つしかなかった。それならば、ここは老婆の厚意に甘えて、疲労が蓄積した身体を休ませてもらうべきだろう。

しばらくすると、老婆がお盆を手にして戻ってきた。自分は飲まないのか、湯飲みはひとつだけだった。

「どうぞ……」

皺だらけの手で、湯飲みが卓袱台の上に置かれた。

老婆は向かい側に腰をおろして、どんよりと濁った目を向けてくる。むっつりと黙りこんでいるので、なんとも居心地が悪かった。

「いただきます」

湯気をたてている緑茶がじつに美味そうだ。ひと口飲んだだけで、五臓六腑に染み渡るような気がした。

考えてみれば、ＧＨ化学薬品の施設に潜入してから、水すら口にしていない。確実に水分が不足していた。胃に流れこんだ緑茶が、瞬く間に吸収されていくようだった。

「ああ、美味しい」

思わずつぶやくが、老婆は相変わらず黙りこくっていた。

「テレビ、お好きなんですか？」

重苦しい空気を変えたくて、さりげなく雑談を振ってみる。

この部屋のなかで、液晶テレビだけが場違いなほど目立っていた。これだけのサイズなら値段もかなりするだろう。家電に詳しいわけではないが、高価な品だということは想像がついた。

「テレビはほとんど見ないよ」

老婆の口から出たのは意外な言葉だった。首を傾げて見つめ返すと、彼女は表情を変えずにぼそぼそと付け足した。

「人から貰ったんだ。別にいらなかったんだけどね」

「そう……なんですか」

なにか気に障ることを言ってしまったのだろうか。老婆のしゃべり方がぶっきらぼうなのが気になった。

それ以降、二人は無言で居間に座りつづけた。

そして、しばらくしてから、玄関ドアをノックする音が聞こえてきた。

「来たみたいですね」

「あんたは待ってなさい」

老婆は立ちあがろうとする美奈子に言うと、ひとりで玄関に向かった。

（あ……なんか……）

一刻も早く署に戻らなければならない。美奈子も玄関に向かおうとするが、急激に頭が朦朧《もうろう》としてきた。

疲労がピークに達しているのか、麻薬の影響が残っているのか、それとも小田島が到着したことでほっとしたのかもしれない。とにかく、身体が鉛になったようで、立ちあがることができなくなった。

目蓋も重くなり、勝手に閉じてしまう。かつてない睡魔に襲われて、気合いを入れないと目を開けていられなかった。

「美奈子さん、いったいなにがあったんですか？」

呼びかけられてはっとする。いつの間にか、目の前に小田島が立っていた。彼の背後には老婆の姿も見えた。

「ああ、小田島刑事……」

頭のなかに霧が立ち籠めたようになっている。思考がぼんやりして、今にも眠ってしまいそうだった。

「しっかりしてください。さっき電話で言ってた、ＧＨ化学薬品の秘密ってなんですか？」

強い口調で尋ねられて、大切なことを思いだす。

あの会社の悪行を収めた決定的な写真を、何枚も撮影したのだ。美奈子はジャケットの内ポケットに手を伸ばし、万年筆型カメラを取りだした。

「このなかに……写真が……」

「写真ってなんですか？」

「ま……やく……」

呂律《ろれつ》がまわらなくなり、意識が途切れそうになる。

「なんですか？　これ、万年筆ですよ」

小田島は万年筆を受け取ったが、意味がわかっていないようだ。隠しカメラだということを教えなければ……。

しかし、美奈子はついにしゃべれなくなり、卓袱台の上に突っ伏してしまう。そのとき、手が当たって湯飲みがゴトンッと倒れた。お茶は飲み干したので中身は入っていなかった。

（もしかして……いえ、まさか……）

なにか嫌な予感がしたが、思考能力が低下しており、すべてがあやふやになっていく。頬を卓袱台に乗せた状態で、薄れゆく意識を繋ぎとめようと戦っていた。

横向きになった視界に、小田島と老婆の姿が映っている。

小田島はスーツの内ポケットから、分厚い茶封筒を取りだすと老婆に手渡した。ずっと無表情だった老婆が、笑みを浮かべているように見える。茶封筒を大切そうに胸もとに抱えて、喜々とした足取りで居間から出ていった。

（な……なに……なんなの？）

もう声を出すことはできない。指一本動かせず、目蓋も閉じる寸前だった。

小田島は居間のドアを閉めると、ゆっくり振り返る。そして、目をギラつかせながら歩み寄ってきた。

まるで魂《たましい》を悪魔に売り渡したような凄絶な表情になっている。なぜか両手で万年筆型カメラを握り締めていた。

（お……小田島刑事？）

ついに目蓋が落ちる。なにかがペキッと折れる音がした直後、美奈子の意識は深い闇に呑みこまれていった。

3

「ん……んぅ……」

軽い頭痛に襲われて、美奈子は低い呻き声を漏らした。

意識が暗闇の底から浮きあがり、重たい目蓋をゆっくりと開いていく。蛍光灯の眩い光が視界を埋め尽くし、思わず顔を横に向けた。

(わたし……確か……)

頭が徐々にはっきりしてくる。

GH化学薬品株式会社の地下牢から逃げだし、山の麓の民家に駆けこんで助けを求めた。小田島と連絡をつけて、彼がやってきたところで急激な睡魔に襲われて気を失ってしまった。

(そうだわ、小田島刑事が万年筆を……)

すべての記憶がよみがえり、慌てて起きあがろうとする。その瞬間、異変に気がついた。

「なっ……なに、これ?」

身体の自由を奪われている。手首と足首に縄が食いこむ感触があり、ギシギシと嫌な音が響き渡った。

「ちょ、ちょっと……」

自分の身体を見おろして、一瞬で青ざめる。どういうわけか全裸で、卓袱台の上に仰向けになっていた。

天板の端にヒップを乗せて、頭は半分落ちかかっている。両足は畳についた状態で開かれており、足首をそれぞれ卓袱台の脚に縛りつけられていた。

「な、なんなの？」

両手は顔の横に置く格好で、手首に縄がかけられている。やはり卓袱台の脚に繋がっているらしく、どんなにがんばってもびくともしない。力んだところで、豊満な乳房がタプタプ波打つだけだった。

「ウソでしょ？」

頬の筋肉が引きつるのがわかる。あまりにも予想外の出来事だった。

膝はわずかに動かせるが、完全に閉じることはできない。漆黒の陰毛も恥ずかしい割れ目も剝きだしだった。

「お目覚めのようですね」

頭上の死角から小田島が姿を現わした。

スーツの上着を脱いでおり、ワイシャツを腕まくりしてネクタイをだらしなく緩めている。咥えタバコで唇の端をいやらしく吊りあげていた。昨日の真面目そうな雰囲気は微塵もなく、別人のようだった。

「人を縛るのって、結構大変なんですね」

手の甲で額の汗を拭い、美奈子の裸体に視線を這いまわらせてくる。粘りつくような目つきが不気味で、無意識のうちに拘束《こうそく》された身体をくねらせた。

「ふざけないで！」

「やだなぁ、俺はいつでも大真面目ですよ」

唇に浮かんだ薄笑いが神経を逆撫でする。ゆらゆらと漂う紫煙が、くすんだ天井にあがっていった。

「わ、悪い冗談よ」

こみあげてくる怒りを抑えこみ、相棒の顔をにらみつける。ところが、小田島は小馬鹿にしたような目で覗きこんできた。

「冗談でこんなことできるわけないでしょう」

「くっ……解きなさい！」

声を荒げて身をよじる。そんなことをしても縄が手足に食いこむだけだが、じっとしていることなどできなかった。

「無駄なことはやめたほうがいいですよ。それにしても、いい格好ですね」

小田島は卓袱台に全裸で縛りつけられた美奈子のまわりをゆっくり歩きながら、まるで歌うような調子で声をかけてくる。その余裕綽《しやくしやく》々の態度が、苛立ちを増幅させた。

「あなた、自分がなにをしているのかわかってるの？」

「もちろん、わかってますよ」

「こんなことをして、大問題になるわよ」

「大丈夫です。発覚させなければいいんですから」

どんな言葉を投げかけても、まったく男の心には響かない。それどころか、不気味な笑みを浮かべて、裸体をじろじろと視姦《しかん》してきた。

「ひと目見たときから、犯《や》りたいなって思ってたんです」

「な、なにを言って……」

涎《よだれ》を垂らさんばかりの表情が嫌悪感を掻きたてる。背筋がゾゾッと寒くなって、つい言葉を呑みこんだ。

「こんなど田舎だと、美奈子さんみたいな美人には滅多に会えませんからね」

「そんな目で、わたしのことを……」

即席のコンビだったが、ショックは隠しきれなかった。

まさか小田島が裏切るとは思いもしない。美奈子をよそ者扱いする霜北村警察署のなかで、彼だけは唯一協力的だった。真面目な刑事だと思いこんでいたが、腹のなかでは卑猥なことを考えていたのだ。

「さっき電話で婆さんと代わったとき、お茶に睡眠薬を混ぜて飲ませるように言っておいたんです」

「……え？」

「さすがGH化学薬品の睡眠薬ですよね。すごい効き目だったでしょ？」

急激な睡魔に襲われたのは、睡眠薬を飲まされたためだった。

そういえば、小田島は老婆にぶ厚い茶封筒を渡していた。あれは睡眠薬を飲ませた報酬だったのかもしれない。

「じつは、美奈子さんが電話をくれるより先に、権藤さんから緊急の連絡があったんです」

「権藤から？」

「はい。美奈子さんが逃げたから捕まえろって」

「どういうことなの？」

「まだわからないんですか？　俺は権藤さんと手を組んでるんですよ」

さらりと恐ろしいことを言ってのける。とても刑事の口から出た言葉とは思えなかった。

「あの施設はただの医薬品工場じゃないのよ！」

つい声が大きくなってしまう。刑事と犯罪者が裏で手を組むなど、絶対にあってはならないことだった。

「もちろん知ってますよ。だから手を組む価値があるんじゃないですか」

「まさか……最初から知ってたの？」

「ええ、もちろん」

小田島はまったく悪びれた様子もなく言うと、卓袱台の脇にしゃがみこんだ。ちょうど真横に位置する場所から、美奈子の身体をまじまじと見つめてきた。

「なんて綺麗な肌なんだ」

「ちょ、ちょっと……おかしなことしたら許さないわよ」

「怖いこと言わないでくださいよ。へえ、やっぱり都会の女は違いますね」

覆い被さるようにして乳房を凝視してくる。今にも触れそうなほど顔が近づき、乳首にフーッと息を吹きかけられた。

「ううっ……や、やめなさいっ」

にらみつけたところで、怯ませることすらできない。同じ条件で戦えば、簡単に倒す自信がある。訓練学校時代に厳しい訓練を積んできた。それなのに、手も足も出ないのが、もどかしくてならなかった。

「権藤と手を組んでるって、どういうことなの？」

とにかく真実が知りたい。なにが起こっているのか把握しなければならない。

「俺だけが責められるのは心外だなぁ。だって、この村の住民も、ＧＨ化学薬品と手を組んでいるようなものなんだから」

「なにを言ってるのか、さっぱりわからないわ」

「あの施設でよからぬことが行われてるって、みんな薄々気づいてるんです。でも、誰もなにも言わないのはどうしてだと思います？」

小田島が乳房をじっとりと見つめながら語りはじめた。

粘りつくような視線が気持ち悪い。まるで、無数の虫が柔肌の上を這いまわっているようで、ムズムズする感触がひろがっている。身じろぎしたくなるが、乳房が男の唇に触れてしまいそうで動けなかった。

「村人たちはGH化学薬品から毎月手当をもらってるんです。電化製品だったり、現金だったり、いろいろですけどね」

「手当ですって？」

思わず声が大きくなる。美奈子は場違いな大型液晶テレビをチラリと見やった。もしかしたら、あれは手当として受け取った物なのかもしれない。

「だから、あの施設のことを誰も悪く言わないんです」

「どうして、そんな……」

「ここみたいに、なんの産業もない過疎の村は、ああいう大きな工場に頼るしかないんです。もし、あの施設がなくなったら、この村は終わりですよ」

「だからって、犯罪組織と……」

「都会の人にはわからないでしょうね」

男の語気が強くなり、息が乳房に吹きかかる。生温かい空気に撫でられた肌に、サーッと鳥肌がひろがった。

「うぅっ……顔を離して」

「手当だけの問題じゃない。酒屋、八百屋、本屋……商店街のほとんどの店がＧＨ化学薬品と取り引きがある。商売が成りたってるのは、あの施設のおかげなんだ」

小田島の言葉で、聞き込みに行ったときのことを思いだす。

村人たちは揃って口をつぐんでいた。あれは美奈子がよそ者だったからという理由だけではない。警察が聞き込みに来た時点で、ＧＨ化学薬品のことだと誰もが確信したのだろう。

そのうえで、あえて情報を漏らさなかった。あの施設でなにが行われていようが関係ない。村人たちにとって、ＧＨ化学薬品は打ち出の小槌《こづち》なのだ。

「そう……そういうことだったのね……」

ようやく状況が呑みこめた。とにかく、衝撃の事実だった。

小田島の話が本当なら、権藤の悪事を村ぐるみで隠していたことになる。信じがたいことだが、辻褄《つじつま》は合っていた。

「いくら生活が苦しくても、犯罪者に手を貸すなんて、見て見ぬ振りをするなんて、絶対に許されないことだわ」

「だからさっきから言ってるでしょう。都会の人にはわからないって」

小田島は鼻で笑うと、今度は意識して乳首に息を吹きかけてくる。唇が今にも触れそうなほど接近していた。

「くぅっ……そんなにわたしを怒らせたいの」

怒りをこめて言い放つ。卑劣な行為を制止できるとは思えないが、黙っていることもできなかった。

「もしかして、怒ったんですか？」

やはり小田島はヘラヘラと笑っている。そして、またしても唇を尖らせて、乳首に息を吹きかけてきた。

「うぅっ……偉そうなこと言ってるけど、刑事のあなたには関係ないでしょう」

安定した収入が約束されている公務員の場合、小田島が並べていた言葉は当てはまらない。地域住民の感覚とは大きな差があるはずだった。

「俺がGH化学薬品と手を組んだのは金のためですよ」

「刑事としての誇りはないの？」

「誇りじゃ食っていけませんからね。真面目に働いてもろくな稼ぎにならないし、馬鹿らしくてやってられませんよ」

あまりにも自分勝手な言い草だ。刑事の風上にも置けない男だった。

「あなたって人は……恥を知りなさい！」

「あんたこそ偉そうなこと言うなよ。エリート刑事さまは、さぞいい給料をもらってるんだろうな」

小田島はこれまでひた隠しにしてきた嫉妬心を剝きだしにすると、ついに舌を伸ばして美奈子の乳房をペロリと舐めあげた。

「ひッ！」

思わず裏返った声が漏れてしまう。白い柔肌の丘陵に唾液の筋をつけられて、途端に汚辱感がひろがった。

「俺に恥を知れって言うなら、あんたにも恥を搔いてもらいますよ。美奈子さん」

胸もとから見あげてくる小田島と視線がぶつかる。憤怒をこめてにらみつけるが、この男にはまったく通用しなかった。

「気の強い女の人は嫌いじゃないですよ」

「これ以上したら、ただじゃ済まないわよ」

そう言い放つが、拘束されたこの状態では、どんな言葉を投げかけても意味がない。むしろ美奈子の嫌がる表情を楽しみながら舌を這わせてくる。乳房の側面をねろりねろりと舐めまわし、柔肌に唾液を塗りこんできた。

「ひうッ……き、気持ち悪い」

「気持ち悪いだけじゃないでしょう？」

「ううっ、こんなことされても……」

卓袱台の上で身をよじることしかできないのが悔しすぎる。にらみつけても、なにを言っても、男の凶行をとめることはできなかった。

「けっこう汗を掻いたみたいですね。でも、すごく美味しいですよ」

「ふ、ふざけないで！」

「やっぱり美人は得だなぁ。怒った顔も素敵ですよ」

小田島は両手を伸ばして双つの膨らみを揉みしだいてくる。下から掬いあげるようにして、柔肉にじんわりと指を沈みこませてきた。

「はンンっ！」

「美奈子さんのおっぱい、大きくて柔らかくて……ああ、最高です」

「い、いやっ……くンンっ」

乳房をしつこく捏ねまわし、芯までこってりと揉みほぐされていく。ただでさえ柔らかい乳肉が、男の指で好き放題に形を変えられていた。

「い、いい加減にしなさい」

「婆さんのことなら心配しなくてもいいですよ。金を渡したから、ここにはもう戻ってきません。まあ、他の部屋で盗み聞きしてるかもしれませんけどね」

　小田島は乳房を揉んでは、柔肌に舌を這わせることを繰り返している。それでいながら、乳輪と乳首には決して触れようとしなかった。

　乳肉の中心部まで揉みほぐし、滑らかな肌も愛撫する。内側も外側も刺激されつづけて、乳房全体がじんわりと火照りはじめていた。

「うぅっ……こ、こんなことをしてる場合じゃないの」

　四肢を縛りつけている縄は、どうやっても解けそうにない。自力で脱出できない以上、小田島を説得するしかないだろう。

「あの施設に刑事が捕まってるのよ。わかってるの？」

「倉科さんでしたっけ？　今頃どうしてるんでしょうね」

　まるで他人事だ。乳輪の周囲に舌をじわじわと這いまわらせており、美奈子の言葉を軽く聞き流していた。

「くっ……仲間が危険に晒されてるのよ。なんとかしようと思わないの？」

　怒鳴りたくなるのを懸命にこらえる。

「会ったこともない奴なんて、どうなろうと知ったこっちゃないですよ」

「な、なんてことを……」

「言い忘れてましたけど、万年筆型のカメラは壊れちゃったから、もうGH化学薬品の犯罪の証拠はありませんよ」

気を失う寸前、なにかが折れる音を聞いた。あれは万年筆型カメラを壊す音だったのだろう。

「最低だわ……人の命がかかってるのよ！」

思わず声を荒げてにらみつけた。

良心に訴えかけるつもりでいたが、どうやらこの男は悪魔の手先に成りさがったらしい。もう刑事としての矜持《きょうじ》は持ち合わせていないのだろう。説得を試みるだけ無駄だと悟った。

(貴也さん……どうしたらいいの？)

夫を助けるどころか、自分が窮地に陥《おちい》っている。もうどうすればいいのかわからなかった。

「もしかして、怒っちゃいました？」

薄笑いを浮かべた顔を見ていると、ますます苛立ちが募っていく。

このままだと強姦されるのは時間の問題だ。せめてもの抵抗として、最後まで無反応でいようと心に決める。麻薬の効果はほとんど消えているので、精神力で耐えられると踏んでいた。

「あれ、今度は無視する気ですか？」

そんなことを言いながら、乳房に這わせていた舌先を鎖骨《さこつ》へと滑らせてくる。左右の鎖骨をたっぷり舐めしゃぶり、さらには首筋に移動して、舌先でチロチロとくすぐってきた。

「い、いやっ！」

思わず顔を反対側に背けるが、そうすることによって首筋を無防備に晒す結果となる。白い肌についばむようなキスの雨を降らされて、美奈子は全身を力ませながら首をよじった。

「ヒッ、や、やめなさいっ、あひッ」

くすぐったさと気色悪さが入り混じり、思わず声をあげてしまう。じっとしていることができず、拳を強く握り締めた。

「感じてるのかな？　それとも、くすぐったいだけですか？」

首筋をしゃぶりながら、両手では乳房を揉みしだいている。やはり乳首と乳輪には触れないように、ねちっこく指を食いこませていた。小田島の愛撫は巧みだった。

「はううっ、こんな最低の男だったなんて……」

もちろん嫌悪感しか湧かないが、延々とまさぐられていると肉体に変化が生じてしまう。体温が徐々に上昇して、それにともない呼吸が乱れはじめている。平静を装っていたくても、熟れた肉体の反応を完全に抑えることはできなかった。

「身体が熱くなってきたんじゃないですか？」

小田島はすべてお見通しとばかりに耳もとで囁いてくる。熱い息を耳孔《じこう》に吹きこまれて、背筋がゾクッとする感覚が突き抜けた。

「はンンっ！」

声を我慢しようとしても、不意を突く刺激には対処できなかった。

男の愛撫は執拗だ。耳たぶを甘噛みしてから、舌先は首筋から鎖骨を経て、再び乳房へと戻ってくる。左右の乳輪の周囲を旋回すると、またしても乳首に息を吹きかけてきた。

「あふっ……や、やめて」

「触ってないのに尖ってますよ。美奈子さんの乳首。本当は感じてるんでしょう？」

「くっ……」

なにも反論できず、美奈子は下唇をぐっと噛んだ。

じつは指摘される前から、乳首が勃っていることに気づいていた。きわどい刺激をたっぷり送りこまれて、乳房の先端に血液が集まっているのがわかった。

(これは違うわ……感じてるわけじゃない)

自分自身に言い聞かせる。こんな男の愛撫で感じるはずがなかった。

「身体は正直、ってやつですね」

小田島は含み笑いを漏らすと、今度は下半身に向かって舌先を移動させる。乳房の谷間を、決して焦ることなくゆっくりと這いおりていく。

「ンっ……も、もう、いいでしょ……ンンっ」

美奈子の言葉はすべて無視される。舌先は鳩尾《みぞおち》から脇のほうへと流れて、じわじわとくすぐりながら下降していた。

「そ、そこ……はううッ！」

敏感な脇腹に触れられると、腰が跳ねるように動いてしまう。すると、小田島は弱点を見つけたとばかりに、その部分を重点的に舐めまわしてきた。

「脇腹が感じるんですね。ここがいいのかな？」

「ううっ、いやっ、はああッ」

卓袱台に縛りつけられた裸体を力ませて、いつしか艶めかしい声が溢れだす。はっとして唇を閉じると、舌は腹の中央に戻って臍の穴に入りこんできた。

「臍はどうです？　こういうところも案外感じるんですよ」

「ひッ、やめて……ああッ」

新たな刺激が襲いかかり、またしても声を押さえられなくなった。

大量の汗が噴きだし、まるでオイルを塗りたくったように全身が濡れ光る。臍の穴をたっぷりとしゃぶられて、いよいよ舌先が恥丘に向かってさがってきた。

「ま、待ってて っ」

焦りを隠せず声をかけるが、愛撫が中断することはない。小田島はいつしか脚の間に入りこみ、両手で太腿を撫でながら舌を使っていた。

「さてと、大事なところはどうなってるのかな？」

「い、いやよ、そこは……ダメ」

密生する秘毛を掻きわけて、舌先が恥丘から股間に滑り降りようとする。ところがクリトリスに触れる寸前でコースを外れて、陰唇のすぐ脇を舐めまわしてきた。

「はンンっ……」

「もしかして、期待してました？」

小田島は陰唇の周囲に舌先を這わせてくる。きわどい刺激がひろがり、内腿がプルプルと震えていた。

「そ、そんなはず……ンンっ」

「でも、すごくいやらしい匂いがしてますよ」

「いやっ、嗅がないで」

「アソコはトロトロじゃないですか。本当は舐めてほしいんでしょう？」

匂いを嗅がれたうえに、男の視線が陰唇を這いまわる。大切なところをアップで覗かれて、羞恥のあまりに気が遠くなった。

「ウ、ウソっ、そんなのウソよ！」

自分を奮い立たせるつもりで、わざと大声をあげる。首を持ちあげて股間を見おろすと、裏切り者の男と目が合った。

「俺がウソをついてるかどうか、試してみますか？」

そう言うなり、小田島は陰唇に吸いついてきた。

「あああッ！　そ、そこはダメぇっ」

鮮烈すぎる感覚が、股間から脳天に突き抜ける。汗まみれの裸体が仰け反り、卓袱台の上で背筋が見事なアーチを描きだした。

男の口が陰唇に密着した状態で、いきなり猛烈に吸引される。すると、ジュルルッという湿った音が響き渡った。

「はああッ、い、いやっ、あああああッ」

さらに舌先が伸びてきて、膣口あたりで動かされる。すぐにピチャピチャッという蜜音とともに、腰が浮きあがりそうな愉悦の大波が押し寄せてきた。

「ひあッ、ダメっ、あああッ、ダメぇっ」

先ほどまではポイントを外して焦らしつづけていたのに、一転して凄まじいまでの快感を送りこまれる。とてもではないが耐えられない。美奈子は為す術もなく、快楽の奔流に流された。

「もうっ、あううッ、もうダメっ、あッ、ああッ、はあああああッ！」

一瞬にしてオルガスムスに昇り詰めてしまう。くびれた腰が激しく震えて、頭のなかで閃光が走った。

（そんな……わたし、こんなときに……）

美奈子は絶頂の余韻のなか、絶望的な気持ちになっていた。

麻薬を打たれたわけでもないのにイカされてしまった。夫が囚《とら》われの身となっているのに、卑怯な裏切り者の愛撫で昇らされたのだ。女として、人妻として、特殊捜査官として、これほど悔しいことはなかった。

そして、自分の身体が変わってきていることを自覚しはじめていた。

「ほらね、簡単にイッちゃった。美奈子さんのここ、お漏らししたみたいになってますよ」

男の勝ち誇った声が聞こえてくる。

愛蜜にまみれた口のまわりを手の甲で拭うと、ニヤリと笑いながらスラックスとボクサーブリーフを脱ぎ捨てた。

「今度はこれで可愛がってあげますからね」

男の股間には、勃起した男根がそそり勃っている。カリの部分が大きく張りだしているのが凶暴そうで、美奈子は思わず視線を逸らしていた。

「怖がらなくても大丈夫ですよ。俺といっしょに天国に行きましょう」

小田島が中腰の姿勢で、ペニスの先端を陰唇に押し当ててくる。それだけで肉の熱さが伝わってきた。

「ひいッ、い、いやっ」

美奈子が身体をこわばらせた直後だった。亀頭がヌプッと沈みこみ、一気に根元まで貫かれた。

「ひああッ！　あ、熱いっ」

「おおっ、入りましたよ」

「ダ、ダメっ……はあぁッ」

蜜壺のなかが灼《や》け爛れるようだ。鋭角的なカリで擦られることで、摩擦熱が生じたらしい。これまでにない感覚に戸惑い、美奈子は思わず首を左右に振りたくった。

（貴也さん……あなた、助けて……）

自分が助けようとしていた夫に、逆に助けを求めていた。

「い、いや……もうやめて……」

夫よりも遥かに太くて長いもので貫かれている。女壺をぴっちりと埋め尽くされて、今にも意識が飛んでしまいそうだ。

「美奈子さんのなか、きつくて気持ちいいっ」

さっそく男根が動きはじめる。ズルズルと引きだされると、それだけで女壺が燃えあがるように熱くなった。

「ひいッ、いやっ、ひああッ」

濡れそぼった膣壁が、鋭いカリで掻きだされるような感覚だ。敏感な箇所を擦られて、無意識のうちに股間を突きだしていた。

「おっ、感じてるんですね。もっと気持ちよくなっていいんですよ」

「くううッ、そんなわけ……あ、熱い」

腰の動きが速まり、熱気が全身へとひろがっていく。それと同時に、下腹部の奥で生じた快感も四肢の先まで伝播《でんぱ》した。

「いやっ……いやっ……こんなこと許されないわっ」

犯されて昂ぶりながらも、懸命に男の顔をにらみつける。

ペニスを穿《うが》ちこまれるたびに、乳房がタプタプ揺れてしまうのが恥ずかしい。それでも、瞳の奥に灯った怒りの炎が消えることはなかった。

「いい目ですね。美奈子さんは気が強いから、こっちも気合いが入りますよ」

小田島はますます興奮した様子で腰を振り、上半身を伏せて乳房にむしゃぶりついてくる。尖り勃った乳首を口に含み、舌で転がしては吸いまくった。

「ひああッ、やめてっ、いやっ、もういやぁっ」

充血して感度を増した乳首を刺激されると、意志に反して愛蜜が溢れてしまう。腰も勝手に蠢《うごめ》き、女壺は夫以外のペニスを締めつけた。

「うおっ、すごく締まってますよ。興奮してるんですね」

「そんなこと……あああッ」

反論しようとした声は、途中からよがり泣きに変わってしまう。

長大なペニスを抜き差しされて、乳房を揉みながら乳首を吸われている。四肢を卓袱台に縛りつけられているので抵抗できない。男が欲望を吐きだすまで、ただ犯されつづけるしかなかった。

「美奈子さんみたいに勝ち気な女に限って、マゾだったりするんですよね」

小田島の声が呪文のように頭のなかで反響する。そんなはずはないと思っても、なぜか愛蜜が次から次へと溢れてとまらない。

「あッ……あッ……あッ……」

気づいたときには、突かれるたびに喘いでいた。

乳首を吸ったり、摘んだりされるのもたまらない。地獄の底を這いずるような絶望感が、どういうわけかどす黒い快感に置き換わっていた。

「も、もう……あああッ、もうやめて」

「気持ちよくなってきたんですね。ほら、これがいいんでしょう？」

「はああッ、そ、それダメぇっ」

膣壁をカリで擦られて、頭のなかで眩い光が瞬きはじめる。美奈子は汗だくになって首を振るが、蜜壺では男根を思いきり食い締めていた。

「うおッ、気持ちいいっ」

小田島が太い声で呻き、ピストンを加速させる。奥の奥まで抉りまくり、野良犬のように鼻息を荒げていった。

「あああッ、もうっ……もうっ」

「で、出るっ、おおおッ、出しますよっ、ぬおおおおおッ！」

「ひああッ、あ、熱いっ、ひいッ、いやっ、いやっ、あぁあああああッ！」

膣奥にザーメンを注ぎこまれて、拘束された女体を引きつらせる。たまらず絶叫を響かせながら、美奈子も引きずられるようにアクメへと駆けあがった。

（あなた……ごめんなさい……）

熟れた乳房を揺すって仰け反り、恍惚《こうこつ》のなかで夫に謝罪した。

# 第四章　被虐の三点責め

## 1

「おい、起きろ。いつまで寝てるんだ」

男の声が聞こえて、頬を軽く叩かれた。

「んん……」

この鈍い頭痛には覚えがある。美奈子は気力を振り絞って、重い目蓋をようやく持ちあげた。

「呑気《のんき》にお昼寝とは、いい気なもんだな」

薄笑いを浮かべた権藤の顔が視界に映る。男の頭上では、裸電球がゆらゆらと揺れていた。

「なっ……」

急速に意識が覚醒する。慌てて起きあがろうとするが、身体は仰向けの状態からまったく動かなかった。

（こ、ここは……）

ＧＨ化学薬品株式会社の地下牢だ。ようやく脱出したのに、再び捕まってしまった。老婆の家で小田島に犯されてから、唇を無理やり開かれて緑茶を注ぎこまれた。頭の片隅では危険だと思ったが、絶頂の余韻で朦朧としていたので抗えず、強引に飲まされてしまった。

またしても、あのなかに睡眠薬が入っていたらしい。眠っている間に権藤たちの手下がやってきて、山頂の施設に連れ戻されたようだった。

もう一度手足に力をこめてみるが結果は同じだ。全裸で四肢を引き伸ばされて、それぞれベッドの支柱に縛られていた。

両手はバンザイをするように、両脚は肩幅よりやや開かれた状態でしっかりと固定されている。一度逃げられているので用心しているのだろう。拘束している縄にはまったく緩みがなく、身体が軋《きし》むようだった。

周囲のコンクリートの壁に沿って、黒ずくめの男が四人立っている。全員が拳銃を握っており、隙のない鋭い視線を向けていた。美奈子の裸体を前にしても眉ひとつ動かさず、常に神経を張り巡らせている。かなり警戒されているようだった。

「もう二度と逃げられないぞ」

権藤は顔を覗きこんでくると、冷酷そうな笑みを浮かべた。

「俺に楯《たて》突いた罰だ。死ぬよりつらい目に遭わせてやる」

ハイキックで失神させられたことを根に持っているのは間違いない。部下にも示しがつかないので、徹底的に嬲《なぶ》り抜くつもりなのだろう。

権藤の背後には、白衣姿の麻耶とスーツ姿の小田島も立っていた。

「わたし、いい男にしか興味はないけど、骨のある女なら話は違うわ。あなたみたいなタイプを苛《いじ》めるのは、結構楽しいのよね」

麻耶は唇に冷笑を浮かべて、美奈子の裸体を見おろしてくる。

漆黒の陰毛が茂る恥丘と屈辱の表情を交互に眺めていた。前回はさほど興味がなさそうだったのに、なぜか今は瞳を輝かせているのが不気味だった。

「署長には、美奈子さんは独自の捜査をしていると伝えておきました。無断欠勤にはならないから安心してください」

小田島は軽い調子で言うと、無遠慮な視線を裸体に向けてきた。

散々焦らされた挙げ句、長大なペニスで貫かれた記憶がよみがえる。悔しくてならないが、どうしようもなく感じてしまったのは事実だった。

(まさか、警察内部に裏切り者がいたなんて……)

この男のせいで、再び捕らえられたのだ。怒りが沸々と湧きあがってくるが、同時に夫のことが心配になった。

いったい、どれくらい眠っていたのだろう。

小田島は一度出勤したようなので、少なくとも朝にはなっているようだ。いずれにせよ、夫が囚われてから時間が経ちすぎている。精神的にも肉体的にも、危険な状態に置かれているのは間違いなかった。

「ちょっと会わないうちに、すっかり大人しくなったじゃないか」

権藤が指先を伸ばして、頬から顎にかけてをなぞってきた。

「小田島から聞いたぞ。写真を撮っていたとは、なかなかやるじゃないか。危ないところだったよ」

勝ち誇ったような目で見つめられて、美奈子は言葉を返せなかった。

小田島の情報により、最初から美奈子は刑事だとばれていた。しかし、貴也と夫婦だということは、まだ知られていない。それに、零係《ぜろがかり》という極秘部署に所属する特殊捜査官だということも。

(大丈夫……まだなんとかなる)

どんなに追い詰められても、最後の一瞬まで希望を捨ててはいけない。美奈子は怒りを滲ませた瞳で、権藤の顔をにらみつけた。

「なんだその目は、自分の立場がわかっていないようだな。謝罪するなら今のうちだぞ。泣いて許しを乞《こ》うなら、少しは手加減してやる」

「誰が、そんなこと……」

死んでも許しを乞う気などない。だからといって、反撃する手立てがまるでないのが悔しすぎる。美奈子は顔を背けると、奥歯をギリッと強く噛んだ。

「生意気な性格は、そう簡単には変わらないようだな。麻耶、一本打ってやれ」

権藤が麻耶に声をかけた。

一本打つとは、麻薬のことに違いない。またしても、麻薬を使ったうえで嬲るつもりなのだろう。

「見せてもらうわよ。あなたが乱れるところ。プライドの高い女刑事を苛められると思うと、それだけで興奮するわ」

麻耶が白衣のポケットから注射器を取りだして歩み寄ってくる。

「ちょっとチクッとするわよ」

さも楽しげに言うと、縛られて動かせない右腕の内側、二の腕の柔らかい部分に注射針を突き刺した。

「うくっ……や、やめ……ううっ」

わざとゆっくりと薬液を流しこまれて、胸のうちに絶望感がひろがっていく。

この薬の恐ろしさは、身をもって知っている。媚薬効果は強烈で、とても精神力で太刀打ちできるようなものではなかった。

「すぐに効いてくるわよ。たっぷりいい声を聞かせてね。美奈子」

なれなれしく名前を呼んで注射針を抜くと、麻耶はそのままベッドの脇にしゃがみこんだ。なにをするのかと思えば、いきなり腋《わき》の下に唇を寄せてきた。

「ひいっ！　ちょ、ちょっとやめて」

予想外の刺激に思わず声が漏れてしまう。腋窩《えきか》の柔らかい皮膚に口づけされて、くすぐったい感触がひろがった。

「敏感なのね。薬はまだ効いてないのに」

麻耶はサディスティックな瞳で見つめながら、再び腋の下にキスをしてくる。美奈子はまたしても「ひっ」と小さな声をあげてしまった。

「じゃあ、こっちにもしてあげようかな」

小田島がベッドの左側にまわりこみ、腋の下に顔を寄せてくる。まずは鼻をクンクン鳴らして匂いを嗅ぎまくってきた。

「汗の匂いがしますよ」

「や、やめなさいっ」

身体の匂いを嗅がれるのは、ある意味レイプされるのよりも屈辱的だ。しかも、裏切り者の小田島だと思うと黙っていられない。つい声を荒げると、男の顔にさも愉快そうな笑みが浮かんだ。

「いい匂いですよ。牡《おす》を勃起させる、いやらしい牝《めす》の匂いです」

「ふざけないで！」

「おおっ、その目つき、マジで興奮してきましたよ」

小田島も腋窩にむしゃぶりついてくる。柔らかくて敏感な皮膚に唇を押しつけられて、舌でねろねろと舐めまわされた。

「ひぅっ、や、やめ……くううっ」

反対側の腋の下には、麻耶が舌を這わせている。そうしている間に、麻薬が全身にまわったのか、体温が上昇しはじめていた。

「俺はこっちから責めてやるか」

権藤も黙ってはいない。ベッドの足もとにまわりこみ、右のつま先に唇を被せてくる。足指をぱっくりと口に含み、ナメクジのような舌を這いまわらせてきた。

「あひっ、い、いやっ、そんなところ、ひいいっ」

足の指を舐められるなど予想外だ。くすぐったさと気色悪さが入り混じり、動かせない身体に力が入った。

「ううん、じつに美味いぞ。いい女ってのは、足の指まで美味いもんなんだ」

「ひううッ、やめてっ、はううッ」

悲鳴にも似た喘ぎ声をあげて訴える。ところが、ますます面白がって舐められてしまう。麻薬も徐々に効力を発揮しており、身体の芯から火照《ほて》ってくる。皮膚感覚がアップするほどに、三人がかりの愛撫に翻弄されていく。

すでに左右の腋の下は唾液にまみれていた。しかも、麻耶と小田島のリズムが異なるので、刺激に慣れることがない。身じろぎすることすらできず、ただ無防備な腋窩をしゃぶられるしかなかった。

「腋の下でも感じちゃうの？」

「汗の匂いがたまらないですよ」

からかいの言葉をかけられるのが悔しくて、美奈子はせめて声はあげるまいと下唇を噛み締めた。

「こっちの足も舐めてやる」

権藤は右の足指を舐め尽くすと、今度は左足の親指をぱっくりと咥えこんだ。

さっそく舌を伸ばして舐めまわしながら、上目遣いに美奈子の表情を観察する。嫌がる素振りを見せると、ますますおぞましい愛撫が加速した。

「はううッ、いやあっ」

足指を親指から順にしゃぶられる。指の間にもヌルヌルと舌を這わされて、まるでフェラチオするように足指を吸いあげられた。

（こ、こんなのって……ああっ、おかしくなりそう）

もはや全身が性感帯と錯覚するほど感度が鋭くなっている。なにをされても、下腹部の奥にジーンと痺れが走った。

「ああッ、足ばっかり……ひううッ」

「女刑事が足の指でも感じるとはな。このことは旦那も知ってるのか？」

権藤はさらりと言い放ち、小指を口に含んでクチュクチュしゃぶりまわす。腋の下を責めている麻耶と小田島は、含み笑いを漏らしていた。

「なあ、旦那にも足の指をしゃぶってもらうのか？」

「な、なにを言ってるの？」

結婚していることは、小田島にも話していない。ましてや、この男が知っているはずがなかった。

「とぼけるなよ。隠そうとしても無駄だぞ」

「い、意味がわからないわ……」

血の気の引いた唇でつぶやくが、内心焦りまくっていた。どこまで調べられているのか、胸のうちに不安がひろがっていく。

「旦那も刑事なんだってな。もう全部わかってるんだ」

どうやら、すべてばれているらしい。権藤の表情は自信に満ちており、確信を持っていしゃべっていた。

「美奈子さんのことは俺が調べました」

小田島が自慢気に口を開いた。

「署の仮眠室に警察手帳とか置いてあったんで、チェックさせてもらいましたよ」

美奈子が潜入捜査をしている間に、仮眠室を荒らしたという。

潜入をするときは、身分を特定されるものを持たないのが基本だ。まさか署内に内通者がいるとは思わず、仮眠室に置いていったのが失敗だった。

警察手帳に記載されている認識番号を使ってデータベースにアクセスすれば、ある程度のことはわかってしまう。貴也と結婚して退職したこと、そして旧姓で復帰したことなどがばれていた。

「一度辞めたのに、復帰なんてできるんですね。そんな話、これまで聞いたことないですけど、やっぱエリートは違いますね」

小田島が腋の下に唇を押しつけたまましゃべっている。嫉妬混じりの視線を向けてくると、手を伸ばして乳房を揉みあげてきた。

「まあ、でも結局、旦那さんを助けに来て捕まったってことですよね？　なんか間抜けだよなぁ」

「お、小田島……よくも、そんなことが言えるわね」

思わず裏切り者の顔をにらみつけた。

貴也と夫婦であることが敵に知られてしまった。絶望的な状況だ。ここを責められたら、どうすることもできない。ウィークポイントを握られたことで、一番恐れていた事態に発展しようとしていた。

「あの男と夫婦だったのね……ふふっ」

麻耶が意味深に笑うと、腋の下から乳房へと愛撫の矛先を移してくる。柔肉をねっとりと揉みしだき、乳輪の周囲を舐めまわしてきた。

「はンンっ……い、いやっ」

同性に愛撫されて、嫌悪感から鳥肌がひろがるが、麻薬で火照った身体はすべてを快感として認識する。嫌でたまらないのに、乳首は愛撫を欲するように尖り勃《た》っていた。

「倉科貴也が今どうしてるか知りたいか？」

権藤が舌を伸ばして、足指を舐めまわしながら見あげてくる。さっそく弱点を突いてくるつもりらしい。

（どうすれば……このままだと敵の思う壺だわ）

美奈子は麻薬の媚薬効果を実感しつつ、唇を真一文字に引き結んだ。こういう場合、どうするのが正解なのかわからなかった。

「ど、どこにいるの？」

屈辱にまみれながら唇を開き、権藤の目をにらみつけた。

「奴はもうひとつの地下牢にいる。今はまだ生きてるぞ」

わざとらしく「今は」という部分を強調する。そして、指の股に涎をトロトロと流しこんできた。

「あっ、やめて……ンンっ」

全身の皮膚に汗が滲んでいる。三人がかりで愛撫を加えられることで、さらに身体が芯から熱くなり、新たな汗が次から次へと噴きだした。

「旦那を生かしておいてほしければ、言うとおりにするんだな」

「そ、そんな……ああっ」

権藤の愛撫は足の指から、くるぶしへと移動して、さらに脚を徐々に這いあがってくる。膝の内側を念入りにしゃぶられたと思ったら、閉じられない内腿を舐められてしまう。

「はンンっ……」

「ずいぶん気分を出してるじゃないか。旦那が捕まってるっていうのに、いい気なもんだな」

「ち、違うわ……これは、麻薬を打たれたから……あああッ！」

反論しようとしたとき、左右の乳房の先端にそれぞれ麻耶と小田島が唇を被せてきた。尖り勃った乳首にしゃぶりつかれて、電流にも似た快感が突き抜ける。たまらず裸体を硬直させて、淫らな声を漏らしてしまった。

「こんなに硬くしちゃって、旦那さんが泣いてるわよ」

「乳首コリコリですね。こうすると気持ちいいでしょ？」

麻耶が乳首を甘噛みすれば、小田島は舌で弾くように転がしてくる。どちらの愛撫も、乳房が蕩《とろ》けてしまいそうなほど強烈だった。

「あッ……ああッ……やめて、いやぁっ」

こらえることのできない喘ぎ声が、次から次へと溢れだす。

麻薬のせいだとわかっていても、感じてしまうのは屈辱以外の何物でもない。汗だくの乳房を揉みしだかれて、勃起した乳首を吸われるのが、悔しくて恥ずかしくてならなかった。

「旦那を殺されたくなかったら、もう絶対に逆らうんじゃないぞ。わかったな」

権藤が念を押してくる。いつの間にか服を脱ぎ捨てて全裸になっており、いきり勃つ男根を剝きだしにしていた。

（そんな、いやよ……）

力なく首をゆるゆると振りたくった。

どうすればいいのかわからない。頭のなかに靄《もや》がひろがり、思考がまわらなくなっていた。麻薬の影響で意識が朦朧としている。それでいながら、性感だけは妙に研ぎ澄まされていた。

「おまえが言うとおりにするなら、旦那は助けてやる」

権藤がベッドにあがってくる。美奈子の顔をまたいで膝立ちになり、勃起の先端を唇に押しつけてきた。

「ンンッ、い、いやっ」

「しゃぶるんだ。旦那を助けたければな」

卑劣な脅し文句を浴びせかけられる。夫の命がかかっているとなれば、選択の余地はなかった。とはいえ、捜査官としての矜持《きょうじ》が犯罪者に従うのをためらわせていた。

「ほら、早く咥えろ」

権藤が執拗にフェラチオをうながしてくる。そして、麻耶と小田島がまたしても乳首をチュッと吸いあげてきた。

「あうッ……や、やめて、こんなの卑怯よ」

「早くおしゃぶりしなさい」

「旦那さんを助けたくないんですか？」

二人がかりで尖り勃った乳首を甘噛みされる。ジーンと痺れるような快感がひろがり、たまらず上体をくねらせた。

「はううっ、い、いや……」

悔しいけれど、ここは従うしかない。渋々唇を開くと、途端に巨大な亀頭がねじこまれた。

「はむううぅッ！」

口内に生臭さがひろがった。吐き気がこみあげるが、逆らうことは許されない。汚辱感にまみれながら、唇で太幹を締めつけた。

「おおっ、いいぞ。歯を立てるなよ」

権藤は呻き声をあげて、腰をグイグイ使いはじめる。亀頭が喉の奥にぶつかり、苦痛がさらに大きくなった。

「うぐッ……あうッ……おごぉッ」

「咥えてるだけじゃダメだぞ。舌を使うんだ」

命じられて、仕方なく舌を男根に絡みつかせる。息ができなくて気が遠くなるが、夫を助けるためだと自分に言い聞かせた。

「はむッ……あむううッ」

「うむっ、たまらん」

権藤は好き放題にペニスを突きこみ、喉の奥を叩きまくった。そうやって、美奈子の口をたっぷり楽しむと、ようやく男根を引き抜いた。

「従順になってきたな。その調子で言うとおりにするんだぞ」

「い、言うとおりにするわ……だから……」

その瞬間、頬をパンッと平手打ちされて、目の前で火花が飛び散った。

「言葉遣いに気をつけろ」

目眩に襲われて揺れる頭に、権藤の低い声が響き渡る。ここで意地を張れば、夫の命が危険に晒されてしまう。

「最後のチャンスだ。旦那を助けたいか？」

「は……い……」

「声が小さい！　旦那がぶっ殺されてもいいのか！」

威圧的に怒鳴りつけられる。権藤は顔の上から移動して、大きくひろげた美奈子の脚の間に入りこんでいた。

恫喝《どうかつ》されている間も、麻耶と小田島が乳房を愛撫してくる。乳首を舐め転がされて、理性が溶けてしまいそうだ。甘い快楽を送りこまれながら怒鳴られる。もう頭のなかがグチャグチャだった。

「助けたいんだな？」

「は、はい……助けたいです」

屈辱と快感が入り混じり、涙目になりながら答えていた。

「これから足首の縄を解いてやるが、この前みたいに反撃するなよ。大人しく俺のものを受け入れろ」

絶対に逆らうなと念を押されて、足首を縛っていた縄を解かれる。壁伝いに立っている黒ずくめの男たちが、警戒して銃を構え直した。

反撃する気など毛頭ない。両脚が自由になったところで、倒せるのはせいぜい目の前の権藤だけだ。両手首を縛られてベッドから動けない以上、即座に射殺されるのは間違いない。そうなったら、貴也も無事でいられるとは思えなかった。

麻耶と小田島が乳房から顔をあげる。すると、権藤が下肢をM字型に押し開き、長大なペニスの裏側を陰唇にあてがってきた。

「あうっ……」

麻薬で全身の感覚が狂っており、軽く触れられただけでも痺れてしまう。無意識のうちに腰がくねり、愛蜜がトクンッと溢れだすのがわかった。

「もう欲しくてたまらないだろう」

権藤が粘りつくような目で問いかけてくる。そうしながら軽く腰を動かし、ペニスの裏側で陰唇を擦ってきた。

「あっ……あっ……」

美奈子は腰をヒクつかせて、眉を情けない八の字に歪めていく。男が求めている答えはわかっているが、それを口にするのはさすがに憚《はばか》られた。

「どうなんだ。いらないのか？」

腰の動きが速くなり、濡れそぼった陰唇から蜜音が響き渡った。

「ほ……欲しいです」

言った途端に、睫毛《まつげ》を伏せて弱々しく首を振る。本心ではないが、そう答えるしかなかった。

「そうか。そんなに欲しいのか。旦那が聞いたらショックを受けるだろうな」

権藤はわざとそんなことを言いながら、亀頭を膣口にあてがってくる。そして、美奈子の顔の横に両手をつき、体重を浴びせるように押しこんできた。

「ああッ、い、いやっ、はああッ」

巨大な亀頭が沈みこみ、膣口がキュウッと収縮する。内側に溜まっていた愛蜜が大量に流れだし、膣襞《ひだ》がいっせいに絡みついた。

「おおっ、すごいな、そんなに欲しかったのか」

さらにペニスが前進して、みっしり詰まった媚肉を掻きわける。快感が瞬く間に高まり、美奈子の腰がはしたなく迫《せ》りあがった。

「あああッ、ダ、ダメぇっ」

「こんなに締めつけておいて、なにがダメなんだ。そらっ！」

「あううッ！　そんなに、奥まで……」

根元まで埋めこまれて、亀頭の先端が子宮口に到達した。夫では届かなかった部分を圧迫されて、危うく意識が飛びそうになった。

「はンンッ……ゆ、許して……」

「甘ったれるな。旦那を助けたいんだろうが」

両脚を肩に担ぎあげられて、ヒップがシーツから浮きあがる。結合が深まり、身体を折りたたむように曲げられた。

「ああッ、入ってくるっ、あああッ、お、奥までっ」

肉柱をより深い場所まで埋めこまれて、子宮を破られるような錯覚に襲われる。恐怖と背中合わせの快感が、火花を散らしながら全身にひろがった。

「今度こそ牝奴隷に調教して、海外に売り飛ばしてやるっ」

権藤は恐ろしい言葉を口走りながら、本格的に腰を振りはじめた。

まるで掘削機のように、真上からペニスを打ちおろす。ズドンッ、ズドンッ、と勢いをつけて、容赦なく子宮口を抉りまくった。

「ひいッ……あひいッ……こ、壊れちゃうっ」

「これくらいで壊れるわけないだろうが、おまえは牝奴隷になるんだ!」

「ああッ、い、いやっ、あああッ」

「元捜査官の牝奴隷だ。海外でオークションにかければ、かなりの値がつくぞ」

「あああッ、やめて……はあああッ」

嫌でたまらないのに、身体はどんどん燃えあがっていく。目の前が真っ赤に染まり、女壺は男根を思いきり食い締めていた。

「おおおッ、嬉しそうに締めつけてるぞっ」

「ち、違う……ああッ、こんなのって……ひああッ」

否定しようとするが、激しくピストンされると頭のなかが真っ白になる。快楽の渦《うず》に呑みこまれて、無意識のうちに腰を揺すりたてていた。

「当たってるのわかるか?」

権藤が腰を力強く打ちつけながら問いかけてくる。美奈子はわけがわからないまま、ガクガクと頷いていた。

「あ、当たってる、あああッ、当たってるぅっ」

もう昇り詰めることしか考えられない。頭の片隅ではいけないと思っているが、欲望のほうが遥かに勝っていた。

ベッドの両サイドから、麻耶と小田島が手を伸ばしてくる。汗ばんだ乳房を揉みしだき、尖り勃った乳首を摘んできた。

「ひああッ、ダメっ、もうダメっ」

「イクのか？　もうイクのか？」

権藤も鼻息を荒らげながら、激しいピストンを繰り出してくる。体重をかけて真上から打ちおろし、ついに最深部で白いマグマを爆発させた。

「おおおおッ、おまえもイクんだっ、うおおおおおッ！」

「あああッ、い、いやっ、あああッ、い、いいっ、あああッ、はあああああッ！」

中出しされると同時に、美奈子も絶頂の階段をひと息に駆けあがる。大量のザーメンを注がれて下腹部を波打たせながら、悪魔的なオルガスムスに悶え狂った。

2

「あぅっ……」

ペニスを引き抜かれると、美奈子は大きく息を吐きだした。

力強く突きまくられて、凄まじい絶頂に達してしまった。両脚はシーツの上に投げだされた状態で、しどけなく開いている。頭の芯まで痺れきっており、白い内腿が小刻みに痙攣していた。

権藤がベッドからおりると、麻耶が薄笑いを浮かべながら覗きこんでくる。そして、白衣のポケットから注射器を取りだした。

「もう一本打ってあげる」

「い……や……もう」

喘ぎすぎたのか、掠れた声しか出なかった。

「ふふっ、好きなくせに」

麻耶は聞く耳を持たず、縛られた右腕に注射針を突き刺した。

「うぅっ……そ、そんな……」

薬液が流れこんでくるのがわかる。あっさり二本目の麻薬を打たれて、絶望感が胸を塞いでいった。

(貴也さん、許して……わたし、また……)

心のなかで夫に謝罪した直後、愛蜜にまみれた陰唇から、大量に注ぎこまれた白濁液がドプッと溢れだした。

「ずいぶん出してもらったのね。よっぽど締まりがいいのかしら?」

「やめて……」

「気持ちよくて締めすぎたんじゃない?　刑事のくせに淫乱なのね」

蔑《さげす》むような視線が痛かった。麻耶はねちっこく言葉で嬲りながら、なぜか白衣を脱いで、ブラウスのボタンを外しはじめた。

「無理やり犯されて、興奮したんでしょう」

「ち、違う……」

「いい声で喘いでたわよ。夢中で気づかなかった？」

「ウ……ウソよ」

屈辱にまみれて力なく首を振る。認めたくないが、犯されてアクメに昇り詰めてしまったのは事実だった。

「わたし、いい男を調教するのが趣味なんだけど、あなたみたいな美人を苛めて泣かせるのも好きなのよね」

いつの間にか、麻耶は黒いセクシーなランジェリー姿になっていた。

透き通るような白い肌を、黒レースのハーフカップブラとカットの深いパンティが彩っている。しかも、ガーターベルトでストッキングが吊られており、麻耶のどこかサディスティックな雰囲気をより強調していた。

近くには権藤と小田島、それに銃を持った男たちもいる。それなのに麻耶は気にする素振りもなく、ランジェリー姿で妖艶な笑みを浮かべていた。

「楽しませてもらうわよ」

女豹《めひょう》のようにしなやかな仕草で、ベッドに這いあがってくる。美奈子の片脚をまたいで四つん這いになると、唇が触れそうなほど顔を近づけてきた。

「女同士は経験ある？」

「あ、あるはずないわ」

彼女の甘い息が吹きかかる。緊張しながら答えると、乳房にそっと手のひらをあてがわれた。

「じゃあ、これが初めてになるのね」

「あっ、いやっ」

ほっそりとした指が柔肉に沈みこんでくる。男のように乱暴ではないが、見おろしてくる瞳は氷のように冷たかった。

「すごく柔らかいわ」

「さ、触らないで……女同士なんて……」

拒絶の言葉をつぶやくと、麻耶はますます乳房に指をめりこませてきた。

「この巨乳で、いったい何人の男をたらしこんできたの？」

「そんなこと……ンンっ」

双つの乳房を交互にじっくりと揉み嬲られる。あくまでもやさしい手つきで、思わず溜め息が漏れてしまう。麻薬が効果を発揮しているらしく、またしても身体が火照りはじめていた。

「ところで、警察って男社会なんでしょう？」

指先で乳輪の周囲をゆっくりとなぞられる。焦れるような刺激を送りこまれて、汗がじんわりと染みだした。

「女が刑事になるのって大変そうね」

「ンぅっ……い、いや……」

首をゆるゆると振るが、もちろんやめてもらえない。乳首は硬く尖り勃ち、ピンク色が濃くなっていた。感度がどんどんあがり、それにともない呼吸が荒くなる。またしても、全身が性感帯になろうとしていた。

「刑事になるために何人の男と寝たの？」

「そ、そんなこと……」

「先輩、上司、署長にもやらせた？」

「してないわ……あひッ！」

いきなり乳首を摘まれて、小さな悲鳴が漏れてしまう。身体がビクンッと仰け反り、新たな汗が噴きだした。

「いい子ぶらないでほしいわね」

麻耶は憎々しげにつぶやくと、乳首を指先で押し潰す。そうしながら、怒りの滲んだ瞳でにらみつけてきた。

「ううっ、やめて……」

「女が這いあがるのって簡単なことじゃないでしょう。それとも、あなたは美人だから優遇されてたのかしら？」

嫉妬に満ちた言葉を投げつけられる。研究者として名を馳せるまでに、様々な苦労があったのかもしれない。しかし、今の美奈子には、そんな彼女の気持ちを受けとめる余裕はなかった。

「い、痛い……」

「痛いだけじゃないでしょ？　こんなにいやらしく尖らせてるくせに」

ふいに指を離すと、ジンジンする乳首に唇を被せてくる。そして、唾液をのせた舌でやさしく舐めまわしてきた。

「ああンっ、いやぁっ」

一転して甘い刺激に包まれたことで、蕩けそうな快感が膨らんだ。

女性に愛撫されるなど普段なら考えられないが、麻薬で理性が麻痺しかかっているのか、たまらない気持ちになってくる。彼女の生温かい舌が、勃起した乳首をねろりねろりと這いまわるたび、股間の奥から愛蜜が滲みだした。

「あっ……あっ……」

「刑事のくせに、可愛い声で喘ぐじゃない」

もう片方の乳房にも吸いつかれて、感度を増した乳首を舐め転がされる。乳房をこってりと揉まれながら、執拗に濃密な愛撫を施された。

周囲では男たちが目をギラつかせている。欲情の視線を向けられているのがわかるが、もう喘ぎ声をとめることはできなかった。

「ああっ、いや……はあンっ」

自然と顎があがり、白い喉もとを晒してしまう。快感はどんどん大きくなって、縄を巻きつけられた両手を強く握り締めていた。

「乳首、こんなにカチカチにしちゃって。恥ずかしくないの？」

麻耶は尖らせた舌先で乳首を小突き、美奈子の顔を見つめてくる。そうやって獲物の反応を楽しんでいるようだった。

「も、もう……もうダメ」

「なにがダメなの？」

散々嬲っておきながら、麻耶は意地の悪い質問を浴びせかけてくる。もちろん、その間も舌と指で乳首をいらっていた。

「ああっ、これ以上されたら……」

途中まで言いかけて、慌てて口をつぐむ。年下の女にいいように弄《もてあそ》ばれていた。

麻薬の影響で頭が朦朧としている。自分でもなにを言おうとしているのかわからない。快楽に流されて、とんでもないことを口走ってしまいそうだった。

「まだ素直になれないみたいね」

麻耶は両手を背中にまわすと、ブラジャーのホックを外して張りのある乳房を剝きだしにした。肌が抜けるように白く、雪山を連想させる美乳で、乳首は透明に近いピンク色だった。

さらにレースのパンティに指をかけてスルスルとおろし、綺麗な逆三角形に手入れされた秘毛が露わになる。これで彼女が身に着けているのは、黒いガーターベルトとストッキングだけになった。

「ど……どうして?」

同性でもドキリとするほどの二十代の見事な裸身だ。腰がしっかりくびれているので、乳房と臀部がより豊かに映った。

「あれ持ってきて」

麻耶がベッドの横でぽかんと口を開けている小田島に目配せをする。すると、すぐに黒光りする不気味な物体が差しだされた。

「これ知ってる? 双頭ディルドウっていうの」

受け取った物を見せつけられて、美奈子は眉間に縦皺を刻みこんだ。

男根を模した大小ふたつのディルドウが、L字型に繫がっている。血管までリアルに再現されているのがグロテスクだ。シリコン製らしく、裸電球の光をヌラヌラと濡れたように反射していた。

「女同士で楽しむための道具よ。試してみたいと思わない？」

「そ、そんな物……」

自分でも驚くほど声が掠れてしまう。

同性による愛撫で、思いがけず喘がされた直後だ。そのうえ、双頭ディルドウなどという、いかがわしい道具を見せられて動揺していた。

「なにを……するの？」

「もうわかってるでしょ」

麻耶は美奈子の脚の間で膝立ちすると、ディルドウの小さい方を自分の股間にあてがった。

「はふンンっ」

鼻にかかった声を漏らしながら、シリコン製の亀頭を自らの秘裂に埋めこんでいく。顎を微かにあげて、半開きになった唇が色っぽい。周囲で見ている男たちの視線も、このときばかりは美奈子ではなく麻耶に集中していた。

「はぁ……興奮してるから、すんなり入ったわ」

小さいディルドウは彼女のなかに完全に沈みこみ、L字型に繋がっているもう一端が、まるで本物のペニスのように斜め上方に向かってそそり勃った。

「女のよさを教えてあげる」

正常位の態勢になり、大きい方のディルドウが膣口にあてがわれる。軽く触れただけなのに、クチュッという蜜音が聞こえてきた。

「あぅっ……ま、まさか……」

「今さら驚かないでよ。本当は期待してたんでしょう？」

ディルドウの先端で、陰唇が微かに押し開かれる。

散々愛撫されたことで大量の愛蜜が分泌されて、中出しされた精液はほとんど洗い流されていた。

「い、いや、挿《い》れないで」

女に犯される屈辱が湧きあがる。手を縛られていては押し返すこともできない。思わず懇願するが、麻耶が途中でやめるはずもなかった。

「たっぷり泣かせてあげる」

「はううッ！　いやっ、あああああッ」

腰を押し進められて、ついにツルリとした亀頭が入りこんでくる。陰唇を内側に巻きこみながら、巨大なディルドウが女壺を瞬く間に埋め尽くした。

「はああッ……ダ、ダメっ、そんなに……」

「ヌレヌレじゃない。簡単に入っちゃったわよ」

「ああっ、こんなの……こんなのいやぁっ」

ひんやりとした人工ペニスの感触に身震いする。それなのに、身体は確実に反応して、シリコンの太幹を締めつけていた。

「こんなに大きいのを咥えこむなんて、いやらしい女」

蔑みの言葉が屈辱感を煽《あお》りたてる。すると、ますます濡れ方が激しくなり、蜜壺が勝手に蠢いた。

「はンンっ、い、いやなのに……」

「ああっ、すっごく締まってる。そんなに気持ちいいの？」

小さい方のディルドウが、蜜壺のなかを擦っているのだろう。麻耶も甘い声を漏らして、真上から美奈子の顔を見おろしてきた。

「あんまり気持ちいいからって、わたしのこと好きにならないでよ」

「ぬ、抜いて……」

「美奈子がイクまでやめないわよ。抜いてもらいたかったら早くイクことね」

ゆったりとしたピストンがはじまった。

ディルドウがスローペースで引きだされて、抜ける寸前から再び押しこまれる。決して焦ることなく、カタツムリが這うようなスピードでじわじわと犯された。女ならではのソフトでねちっこい抽送だ。

「あっ……あっ……」

「いい顔ね。もっと感じるのよ」

「いやっ、あっ……ああっ……いやっ」

瞬く間に快感が高まるが、このペースでは限度がある。中途半端に感じている状態がだらだらとつづいて、焦燥感ばかりが募っていく。無意識のうちに、突きこみに合わせて自ら腰をしゃくりあげていた。

「ふふっ、いやらしいわね。みんなが呆れてるわよ」

指摘されて男たちに見られていることを思いだす。麻耶の手管《てくだ》に翻弄されて、すっかり二人の世界に入りこんでいた。周囲の視線を意識して羞恥心が刺激されることで、なぜか感度がさらに跳ねあがった。

「はううっ、も、もうやめて……」

「あら、やっと馴染んできたのに？」

麻耶は相変わらずスローペースで腰を使っている。ディルドウをゆったりと出し入れして、美奈子の蜜壺を擦りあげていた。

「いやなの、お願い……はンンっ」

確かに馴染んできたのは事実だ。冷たかったシリコン製のペニスが、いつしか自分の体温で人肌になっている。しかし、男たちに見られながら女に犯されるこの状況は、あまりにもつらすぎた。

「いやよ……もういや……」

「そうそう、その顔よ。もっといやがってくれたほうがゾクゾクするわ」

腰振りのスピードが少しずつ速くなる。麻耶も感じているのか、瞳をとろんと潤ませながら股間を打ちつけてきた。

「あッ……ああッ」

これまでよりも大きな喘ぎ声が漏れてしまう。

感度が極限までアップしているうえに、とろ火で炙《あぶ》るように焦らし抜かれて、女体は完全にできあがっている状態だ。そこを力強いピストンで責められたら、もうひとたまりもなかった。

「つ、強いっ、ああッ、も、もうっ」

「もう、なあに？」

麻耶も顔を上気させながら尋ねてくる。もちろん、腰を激しく使って、女壺を擦りまくっていた。

「もっとして欲しいの？」

「そ……そんなはず……はあああンッ」

「じゃあ、やめていいのね」

意地悪くピストンを緩められる。途端にどうしようもない焦燥感に襲われて、涙が溢れそうになった。

「あッ……ま、待って」

再び抽送速度がアップする。嫌でも快感が膨らみ、腰に震えが走ってしまう。

「ああッ、い、いやよ」

「なにがいやなの？　いいの間違いでしょう？」

「ち、違う、いやなだけ……」

懸命に言葉を絞りだすと、腰の動きがぴたりととまった。

「ああっ……」

「あら、残念そうな声ね。そんなにいやなら、このへんでやめにする？」

麻耶が薄笑いを浮かべて尋ねてくる。美奈子は慌てて顔を背けると、下唇を噛み締めた。

「意地っ張りね」

「ああッ、ダメっ」

「もっといい声を聞かせなさい」

「はああッ、も、もういやっ、あああッ」

またしてもピストンで責められる。しかし、数回抜き差ししただけで、すぐに放置されてしまう。

「ああンっ……も、もう……」

「そろそろ言えるわよね」

朦朧とした頭に、麻耶の声が響き渡った。

「ダ、ダメ……」

「なにがダメなの？　はっきり言いなさい」

「や……やめないで」

顔を真っ赤にしながらつぶやいた。周囲の男たちが、含み笑いを漏らすのが聞こえてくる。屈辱が大きくなるが、同時に快感も爆発的に大きくなっていた。

「あああッ、もう……もうっ」

「ふふっ……あなたって本当にマゾなのね。いいわ、イカせてあげる」

麻耶は上半身を伏せてくると、乳房と乳房を密着させる。そして、そっと唇を合わせてきた。

「いや……ンンっ」

美奈子の声を無視して、舌がヌルリと入りこんでくる。女同士によるディープキスだ。あっという間に舌を絡め取られたと思ったら、甘い唾液を送りこまれる。訳がわからないまま嚥下すると、頭の芯がジーンと痺れた。

「ンはぁっ……い、いいっ」

唇を解放されて、喘ぎ声が溢れだす。もう昇り詰めることしか考えられず、下肢を麻耶の腰に巻きつけていた。

「ああッ、ね、ねえ……」

「はあンっ、美奈子って本当にいやらしいわ」

犯している麻耶も、女壺内をディルドウで抉られて甘い声を漏らしている。乳房を擦りつけて腰を振りたくり、二人同時に昂ぶっていく。

「あッ……あッ……ダメっ、もうダメっ」

「イクのよ、ああッ、はしたなくイキなさい！」

麻耶の命じる声が頭のなかで反響する。硬いディルドウをグイグイと抜き差しされて、無意識のうちに腰が迫りあがった。

「はああッ、も、もうっ、ああああッ」

「イ、イキそうなのね、わたしも……ンあああああッ」

二人して息を合わせて腰を振りたくる。湿っぽい愛蜜の音は、美奈子のものだけではない。麻耶もしとどの蜜で濡らしながら、アクメの急坂を駆けあがった。

「あああッ、イクわっ、美奈子もイクのよ、あああッ、イクっ、イクうううッ！」

「す、すごいっ、はああッ、擦れて、あああッ、も、もうっ、あああああッ！」

麻耶が絶頂するのと同時に、美奈子も全身を感電したように震わせた。

凄まじい快楽の嵐に巻きこまれて、同性に犯されているにもかかわらずアクメに昇り詰めてしまう。大勢に見られていることを忘れた訳ではない。それでも、ディルドウを思いきり締めつけながら、腰をはしたなく振りたくった。

「ああンっ、いいわ、美奈子の腰使い、すごくいいわよ」

麻耶は満足げにつぶやきながら、美奈子の蜜壺をねっとりと抉りつづけた。

権藤と小田島、それに銃を持って警戒していた男たちまでもが、レズレイプでアクメを貪った女刑事を嘲笑《あざわら》った。

3

権藤と麻耶と小田島に代わるがわる責められて、丸二日が経っていた。

美奈子は両手首をひとまとめに縛られて、地下牢の天井から吊されている。もう夢と現実の区別がつかないほど疲れきっていた。

パイプベッドは壁際に寄せられて、部屋の中央にスペースが作られている。裸電球の頼りない光が、汗にまみれた女体を照らしていた。三十一歳の熟れた乳房も、くびれた腰も、たっぷりの脂を湛えた尻も、隠すことはできなかった。

「うぅっ……」

ふくらはぎが小刻みに痙攣して、小さな呻き声が漏れだした。

裸足のつま先が、かろうじてコンクリートの床に届く苦しい体勢だ。脚に力を入れなければ、手首に全体重がかかって縄が食いこんでしまう。だからといって、つま先立ちを長時間つづけることも不可能だった。

――言うとおりにすれば旦那に会わせてやる。

その言葉を信じて大人しく従ってきたが、まだ夫に会わせてもらえない。数えきれないほど絶頂を味わわされて、大量の白濁液を注ぎこまれた。夫に会いたい一心で耐えてきたが、いたずらに時間が過ぎるだけだった。すっかり体力を消耗しており、吊られていなければとっくに倒れていただろう。

三人は順番に睡眠を取っているが、美奈子はわずかな休憩時間しか与えられず徹底的に嬲られていた。

ペニスやディルドウで執拗に責められて、強引にアクメに追いあげられる。たまに空いた時間があれば、泥のように眠って体力回復に努めた。だが、すぐに叩き起こされて、再び激しい凌辱の嵐に晒されることの繰り返しだ。

もう拳銃を持った男たちはいない。

反撃する体力は残っていないと判断されたのだろう。実際、拘束を解かれたとしても、どこまで戦えるか自信がなかった。

（でも、負けない……絶対に……）

天井から吊られて力なく頭《こうべ》を垂れながら、美奈子は胸底《きょうてい》でつぶやいた。決して態度には出さないが、完全に諦めてしまったわけではない。愛する夫を助けると誓ったのだ。三匹の悪魔たちに延々と嬲られても、心までは屈しないと耐えつづけていた。

吊られている美奈子のまわりを、三人が囲んでいる。

権藤と小田島はスーツ姿、麻耶は白衣姿だ。プレイのとき以外はしっかり服を着ることで、常に全裸の美奈子に屈辱感を与えていた。

「もう降参か？」

権藤が顔を覗きこんでくる。勝利を確信した笑みを口もとに浮かべて、無遠慮に乳房を握り締めてきた。

「あうっ……」

「許して欲しかったら、自分から牝奴隷になりますと言ってみろ」

なんとしても美奈子に奴隷宣言をさせたいらしい。何度か強要されたが、そのたびに拒絶していた。

「うっ……うぅっ……」

乳首を摘まれて、甘く気怠い刺激がひろがった。

頷いたら楽になれるのかもしれない。しかし、夫の顔を思い浮かべると、たとえ口先だけでも権藤を受け入れることはできなかった。

「まだ意地を張るつもり？」

麻耶が顎に指を添えてくる。うつむいていた顔を強引にあげられて、瞳をじっと見つめられた。

「あなたって本当に楽しませてくれるわね。また苛められたいの？」

「い……や……」

美奈子は顔を背ける気力もなく、弱々しく睫毛を伏せることしかできなかった。

「じゃあさ、これを使ってみようか」

小田島の浮かれた声が聞こえてきた。

なにかよからぬことを考えているのは間違いない。恐るおそる目を開けると、裏切り者の刑事の手には、大きな注射器のような物体が抱えられていた。

「浣腸器です。見るのは初めてですか？」

巨大なガラス製の筒に、透明な薬液がたっぷり詰まっている。こんな物を、いったいどうしようというのだろう。

「よし、さっそくはじめるか」

「そうですね。では、権藤さんとわたしで」

権藤と麻耶が、吊られている美奈子の背後にまわりこむ。そして、左右から尻たぶを摑んで、いきなり割り開かれた。

「うぅ……」

不安になって振り返ろうとする。そのとき、剝きだしになった肛門に、なにか冷たい物が触れてきた。

「危ないから動かないでくださいよ」

背後から小田島の声が聞こえてくる。その直後、ツプッという嫌な感触とともに、肛門に硬い物が入ってくるのがわかった。

「はうっ……な、なに？」

「だから浣腸ですよ。さっき見せたでしょう？」

浣腸器の嘴管《しかん》を挿入されたらしい。恐ろしいことに、三人がかりで無理やり浣腸を施そうとしているのだ。

「い、いや……やめて、お願い」

「動くなよ。ケツの穴が裂けてもいいのか？」

朦朧としていた意識が覚醒するが、権藤の脅し文句で動けなくなる。

「そうよ。血まみれのアナルなんて見たくないわ」

麻耶も笑いながら恐ろしいことを口にした。

「そ、そんな……」

肛門内でガラス製の嘴管が割れたら恐ろしいことになる。美奈子は顔面蒼白になって固まった。

「じゃあ、入れますよ」

小田島の楽しそうな声と、シリンダーを押すキリキリという音が聞こえて、ひんやりとした液体が直腸内に流れこんできた。

「ひっ……っ、冷たい」

「おっと、動いちゃダメですよ」

そんなことを言いながら、小田島は嘴管をわざとピストンさせてくる。そのたびに肛門が反応して、キュッと締まってしまう。

「ううっ……」

「ほら、危ないですって。お尻の穴から力を抜いてください」

「む、無理よ……くううっ」

嬲られながら少しずつ注入される。薬液が肛門内に逆流してくる感覚は、全身のうぶ毛が逆立つようなおぞましさだ。

「ひううっ、き、気持ち悪い」

こらえきれない啜《すす》り泣きが溢れだす。

地下牢に監禁されて、一糸纏わぬ姿で吊られている。数えきれないほど犯された挙げ句、今度は浣腸を施されてしまうなんて……。

「苦しい……うむむっ、も、もう入らないわ」

「大丈夫、まだまだいけますよ」

小田島は無責任なことを口走りながら、さらに浣腸液を注入する。直腸内で波打っているのがわかり、全身に鳥肌がひろがった。

「くぅっ……やめて……もう」

いったい、どれだけ辱《はずかし》めれば気が済むのだろう。

「おまえはマゾだから、きっと浣腸が病みつきになるぞ」

「お尻の穴が締まってるわ。もう浣腸が気に入ったの？」

権藤と麻耶が、アナルを覗きこんで笑っている。浣腸されて苦しむ女刑事の姿が愉快でならないらしい。美奈子にとって、これほど屈辱的なことはなかった。

「たっぷり入りましたよ」

小田島は浣腸液をすべて注ぎこむと、嘴管をゆっくりと引き抜いた。

「ふむうウッ！」

反射的に肛門が硬く窄《すぼ》まった。

下腹部がパンパンに張り詰めて、内容物が逆流して溢れそうな恐怖に襲われる。全身の筋肉がこわばり、縛られた両手を強く握り締めた。つま先立ちの両脚も無駄に力んで、ふくらはぎの痙攣がとまらなくなった。

「うむっ……い、いや」

「さてと、どれくらい我慢できるか見物だな」

権藤が尻たぶを撫でまわしながら、顔を覗きこんできた。

「ひ、ひとでなし……」

額に脂汗を浮かべてにらみ返す。すると、今度は麻耶が尻たぶを手のひらで軽く叩いてきた。

「あぅッ！」

「ふふっ、口の減らない女ね。この生意気な女刑事が、どんな顔でお漏らしするのか楽しみだわ」

尻の割れ目を指先でくすぐり、美奈子が身をよじると「ふふっ」とサディスティックな笑みを浮かべた。

「ひ、ひどい……」

「そうだ、せっかくだから撮影しておきましょう」

いいことを思いついたとばかりに、小田島が大きな声をあげる。そして、美奈子の前に三脚を立てると、ビデオカメラをセットして撮影を開始した。

「そ、そんな……撮らないで」

直腸内に注ぎこまれた浣腸液が、ゆったりと対流しているのがわかる。これからどんな醜態《しゅうたい》を晒すことになるのか、考えただけでも恐ろしかった。

「これで決定的瞬間が、美奈子さんのお漏らしが撮れますよ」

「女刑事の脱糞か。裏で流通させたら、大儲けできるかもしれないな」

「男って下品ね。でも、いい女が泣くところはちょっと見てみたいかも」

三人の不気味な笑い声が地下牢に響き渡る。欲望でギラつく目を向けられて、美奈子は生きた心地がしなかった。

「うぅっ……お腹が……」

下腹部に鈍い痛みがひろがっている。浣腸液が効力を発揮して、早くも便意が湧き起こっていた。

嫌な汗が全身の毛穴から噴きだし、柔肌をじんわりと濡らしていく。膝も小刻みに震えて、頬が情けないほど引きつった。裸電球に照らされた裸体は、オイルを塗りたくったようにヌメ光っていた。

「汗だくじゃないですか。どうかしたんですか？」

小田島が乳房に手のひらをあてがってくる。乳首を指の間に挟みこみ、両手でねっとりと揉みあげてきた。

「くうっ……や、やめて……」

身体が敏感になっているのは、浣腸の影響で神経が昂ぶっているからだ。指の間で刺激されている乳首が、ジンジンと甘く痺れてしまう。権藤と麻耶も尻たぶをねちねちと揉みしだき、妖しい感覚を送りこんでいた。

「も、もう……これ以上は……」

「まだはじまったばかりじゃないですか」

「で……でも……ううっ」

便意は急速に成長している。通常のものとは異なり、浣腸によって生じた便意には波がない。ひたすら大きくなる一方で、瞬く間に限界が迫ってくる。足の裏が床についていないので、踏ん張れないのもつらかった。

「お……おトイレに……」

美奈子は消え入りそうな声でつぶやいた。

排泄の欲求を知られるのは恥ずかしくてならないが、拘束されている以上は申告するしかない。

「もうしたくなったんですか？」

小田島は両手の指先で乳首を摘むと、ねちっこく転がしてくる。そして、不意打ちのように強く押し潰してきた。

「ひうッ、ダ、ダメぇっ」

乳首の痛みで身をよじると、下腹部でグルルッと嫌な音が響き渡る。浣腸液が激しく渦を巻き、腸壁を刺すように刺激していた。

「お、お腹……ううウッ、も、もう……」

「もう、漏れそうなんですね？」

小田島が乳房を揉みながら意地悪く尋ねてくる。美奈子が言い淀むと、またしても乳首を強く摘まれた。

「ひいッ、やめてっ」

「どうかしたんですか？」

「も、漏れちゃう、ううッ、漏れちゃうからやめてぇっ」

たまらず内腿を擦り合わせて懇願する。情けなさに涙が溢れると、三人の悪魔が目を見合わせてにやりと笑った。

「ここで漏らされても困るわね。あれを持ってこさせるわ」

麻耶が廊下で待機している手下に声をかける。すると、すぐにアヒル型のおまるが運ばれてきた。

「こいつは傑作だな。女刑事がおまるで糞をするのか」

権藤が耐えきれないとばかりに、「くくくっ」と不気味な笑い声を響かせる。部屋の隅には洋式便器が設置されているのに、わざわざ子供用のおまるに排泄させるつもりなのだ。

「い、いや……できない、絶対に……」

美奈子は腹痛に苦しみながら首を振った。

いくらなんでも、そんな屈辱的なことはできない。刑事として、いや、女として絶対にできるはずがなかった。

「できないじゃないですよ。しろって命令してるんです」

小田島がいきなり乳首に吸いついてくる。舌を使われると、瞬く間に快感がひろがってしまう。激しい腹痛と甘い愉悦が混ざり合い、たまらず吊られた裸体をくなくなと悶えさせた。

「あうッ、いやっ、あううッ」

さらに、権藤と麻耶も脇腹に指を這わせてくる。指先でさわさわと撫でられただけで、危うく肛門が緩みそうになった。

「ひいッ、やめてっ、もう許してっ」

汗だくになって身をよじる。もう一刻の猶予もならない。決壊のときが目前に迫っていた。

「おまるでするんですか？」

「す、する……するから、お、お願い」

涙ながらに懇願すると、腕を吊っている縄が緩められる。縄は天井に取りつけられた滑車を通り、壁のフックに固定されていた。

「ううっ、は、早く……」

足もとにおまるが置かれて、身体を少しずつおろされていく。すでにアナルは膨らんでおり、いつ噴出してもおかしくない状況だ。美奈子は両腕を頭上に伸ばした格好で、ついにアヒルのおまるにまたがった。もう限界だった。

「あッあああッ、漏れちゃうっ……いやっ、み、見ないでぇっ！」

とてもではないが耐えられない。下腹部を波打たせて、絶叫しながら濁流をしぶかせる。

ついに三人の前で排泄してしまった。しかも、そのすべてを撮影されて目の前が真っ暗になり、激しい目眩に襲われた。

「おいおい、本当に漏らすとはな」

「やだわ、人前で。恥ずかしいと思わないの？」

「美奈子さん、いい画《え》が撮れましたよ」

次々と揶揄《やゆ》する言葉をかけられて、大粒の涙が頬を伝い落ちていく。

両手を吊られていなければ、このまま倒れていただろう。いっそのこと、頭でも打って意識不明になったほうが楽だった。

おまるは蓋をされて、手下の男によって部屋から運び出された。

縄が再び引きあげられたが、中途半端な高さで壁のフックに固定されて、ヒップを後方に突きだすように命じられる。膝を伸ばした状態で、腰を九十度に折った恥ずかしい格好だ。

「お尻を洗ってあげますよ」

小田島はホースを引っ張ってくると、尻に水をかけてきた。

「うぅっ……うぅうっ」

嗚咽《おえつ》をとめることはできなかった。

他人に肛門を洗われるのは、屈辱以外の何物でもない。地下牢には排水溝が設置されているので、大量の水でしっかり洗い流されてしまった。

そして、麻耶によって麻薬を注射された。

この地下牢に監禁されてから、いったい何本の麻薬を打たれたのだろう。しばらくすると例によって頭の芯が痺れて、思考能力が著《いちじる》しく低下した。

「美奈子さんのことだから、こっちの穴はヴァージンですよね？」

背後から小田島の声が聞こえてくる。その直後、肛門にヌルリと気色悪い感触が走った。

「ひうッ！」

尻を突きだしたポーズのまま振り返る。すると、小田島がしゃがみこんで双臀を抱えこみ、臀裂に口を押しつけていた。

「な……なに？」

まさかとは思うが、アナルに舌を這わされている。自分でもほとんど触れたことがない場所を、卑劣な男にしゃぶられているのだ。

「そんなところ、ひいッ」

強烈な汚辱感に襲われて、思わず腰を前方に逃がそうとする。ところが、しっかりと抱えこまれて動けない。アナルをねぶりまわされて、皺の一本いっぽんにまで唾液を塗りこめられた。

「あうッ、やめて、気持ち悪いっ」

「そんなこと言ってるけど、前の穴は濡れ濡れだよ」

小田島はアナルを舐めながら、淫裂に指を這わせてくる。そこはすでに大量の華蜜で潤っており、ピチャピチャと湿った音を響かせた。

「はあッ、こんなのって、あああッ」

排泄器官を舐められる汚辱感と、女陰をまさぐられる心地よさが混ざり合う。麻薬の影響もあり、すべてが極上の愉悦へと昇華していく。その後も双つの穴を責められて、たっぷりと喘がされてしまった。

「これで準備オッケーですね」

ようやく臀裂から顔をあげると、小田島は服を脱ぎ捨てて全裸になる。そして、熟れた尻を抱いて、硬くなった逸物《いちもつ》をアナルに押しつけてきた。

「そ、そこ、ち、違う」

慌ててヒップを揺するが、亀頭の先端は離れない。それどころか、入りこむ勢いでググッと圧迫してきた。

「ひいッ、ま、待って」

「ここでいいんですよ。俺、初めて会ったときから、美奈子さんとアナルセックスしたいなって思ってたんです」

振り返った美奈子の瞳に、にんまりと笑う小田島の顔が映った。

「い、いやぁっ!」

悲鳴を迸《ほとばし》らせて身をよじる。しかし、逃げられるはずもなく、ついにアナルを突き破られた。

「あひいッ! い、痛いっ」

肛門の襞が内側に入りこみ、巨大な亀頭がめりこんでくる。カリが張りだしているので、アナルが引き裂かれそうな恐怖に襲われた。

「力を抜いてください。痛いのなんて最初だけですから。ふんんっ！」

小田島はまったく手を緩めることなく、強引に腰を押しつけてくる。いきり勃ったペニスが前進して、ついにズルリッと亀頭が埋没した。

「ひううッ！」

アナルが強制的にひろげられたのは一瞬だけで、亀頭がすべて収まってしまうと痛みは嘘のように消え去っていく。代わりに重苦しい圧迫感が、アナルから下腹部にかけてひろがった。

「ううっ、い、いや……」

「入りましたよ。美奈子さんのアナルに、俺のチ×ポが入ったんですよ！」

小田島が興奮気味に叫ぶのを、美奈子はどこか遠くに聞いていた。

まさか自分が排泄器官でセックスするとは考えたこともなかった。アナルセックスという行為があることは知っていた。しかし、自分とは無縁なことだと思っていたのに……。

「いやっ、抜いてっ、抜いてっ、もういやぁっ」

恐ろしくなって訴える。痛みが消えてしまったことも、別の意味で恐怖心を煽りたてていた。

「おおっ、この締まり、最高ですよ」

小田島がさらにペニスを押しこみ、肛門の襞が肉胴で擦られる。たっぷり唾液をまぶされたため、動きは思いのほかスムーズだ。まるで膣に挿入しているように、ヌプヌプと入りこんでしまう。

「あううッ、やめて、それ以上は……はううッ」

なにを言ってもやめてもらえない。ついには根元までぴっちりと嵌《はま》りこみ、支配されてしまったという諦念が、胸の奥にひろがった。

「ほう、こいつはすごい。簡単に呑みこんだな」

「人妻なのに、ほんといやらしいわ。お尻の穴でも咥えこむなんて」

権藤と麻耶が両サイドから覗きこんで、下卑《げび》た笑い声を響かせる。そうやって言葉でもいたぶりながら、汗ばんだ裸体を撫でまわしてきた。

「やっ……もう……もう許して」

息を乱してつぶやくが、小田島はゆったりとピストンをはじめてしまう。尻たぶを揉みつつ、アナルを慣らすように肉柱を抜き差しする。引き抜くときは肛門が捲《めく》られて、押しこむときは内側に巻きこまれた。

「アナルがヒクヒクしてますよ。美人なのに幻滅だなぁ。美奈子さんって、お尻の穴でも感じちゃうんだ」

「ヒッ……ひあッ……動かないで、お尻が……ああッ」

汚辱感が大きくなるが、同時に甘美な感覚も生じている。アナルを犯されているのに、なぜか膣の奥がクチュクチュと鳴っていた。

「泣き言はまだ早いぞ」

「面白くなるのはこれからよ」

いつの間にか権藤と麻耶の手に、妖しげな物体が握られている。わざと美奈子の視界に入れて、不安を煽りたててきた。

「こいつは電動マッサージ器、『電マ』ってやつだな」

権藤が手にしているのは棒状の物体で、先端部分がゴムになっている。これ見よがしにスイッチを入れると、ブウウンッという音とともに先端が細かく振動した。

「わたしのはローターよ。これで気持ちよくしてあげる」

麻耶の手にあるのは、うずらの卵ほどのサイズのピンク色の物体だ。コントローラーのスイッチを操作すると、やはり小刻みに震えはじめた。

「な、なにをするの……はあああッ！」

怯えた声で問いかけるが、直後に自分でも驚くほどの甲高《かんだか》い悲鳴が迸った。

権藤が電マを股間に潜りこませて、クリトリスに触れさせた。それと同時に麻耶がローターを乳首にあてがってきたのだ。アナルを犯されながら、敏感な二ヵ所を責められて、凄まじい刺激が全身にひろがった。

「ひぃッ、やめてっ、ひぃぃッ」

「くっ、すごい締まってきた」

「あひぃッ、ダ、ダメっ、動いちゃ、ひあぁッ」

訳がわからないまま腰が勝手にくねりだす。無意識のうちに肛門を締めつけて、ますますペニスの存在感がアップしてしまう。アナルを犯されているのに、もう喘ぎ声をとめることができなかった。

「あぁッ、いやっ、あああッ、こんなのって」

「感じてるんですね、アナルで感じてるんですね!」

小田島も高まっているのだろう。ピストン速度がどんどんあがり、ヒップをパンッパパンッと鳴らしながら腰を打ちつけてきた。

「ひぃッ、ひぃッ、もうダメっ、ひあぁッ」

「き、気持ちいいっ、美奈子さんのアナル、最高ですよ!」

「あぁッ、ああッ、い、いいっ、あああぁッ」

電マとローターの刺激もたまらない。クリトリスと乳首を強制的に振動させられて、目の前がショッキングピンクに染まっていく。激しすぎる三点責めにより官能の渦に呑みこまれていき、腰を淫らにくねらせた。

「はあああッ、もうっ、あああッ、もうおかしくなっちゃうっ」

「おおッ、俺もっ、おおおッ、で、出るっ、ぬおおおおッ！」

「あひいッ、いいっ、すごくいいっ、あああッ、ダメっ、もうダメっ、イクっ、イッちゃうっ、お尻で、あああッ、イックううッ！」

ついに絶頂を告げながら昇り詰める。それでも電マとローターによる刺激はとまらず、クリトリスと乳首を延々と嬲られつづけてしまう。どんなに身体をよじらせても逃げられない。肛門がますます締まり、ペニスを思いきり食いしめながら、腰が感電したように激しく痙攣した。

「はうううッ！」

美奈子は半ば意識を飛ばして、唇の端から涎を滴らせる。頭の芯まで痺れて訳がわからなくなった直後、股間から透明な汁がプシャアアアッと勢いよく飛び散った。

「おっ、こいつ潮《しお》を噴いたぞ」

「初めてのアナルでイクなんて」

権藤がおおげさな声をあげれば、麻耶も蔑みの言葉を浴びせかけてくる。小田島は最後の一滴まで注ぎこもうと、執拗に腰を振っていた。

（地獄よ……ここは地獄だわ）

悪魔たちの嘲笑が聞こえてくる。美奈子はアナルを突かれるたび、汚辱にまみれながらよがり泣いた。

# 第五章　夫の前でよがり啼《な》いて

1

アナルをレイプをされてから二日後——。

美奈子はコンクリート剥きだしの床に転がされていた。

全裸に剥かれており、両手は身体の前で手錠をかけられている。手錠には長いチェーンが繋がっていて、逃げられないように壁のフックに固定されていた。

冷たい床に頬を押しつけたまま微動だにしない。瞳はガラス玉のように虚《うつ》ろで、まるで生気が感じられなくなっていた。

希望を捨ててしまったわけではない。それでも、連日にわたる凌辱で、疲弊しきっているのは確かだった。

三人は相変わらず交代で美奈子を嬲《なぶ》っている。権藤と麻耶は二十四時間この施設にいて、小田島も朝と夕方だけ署に戻る以外はずっとここにいた。美奈子はわずかな休憩時間しか与えられず、延々と喘がされている状態だった。

（あなた……今、どうしてるの？）

朦朧としながらも、頭の片隅に夫の顔を思い浮かべる。

貴也と会うことだけを心の支えにして、なんとかここまで耐えてきた。普通の女なら、とっくに隷従を誓うか、もしくは精神が崩壊しているだろう。この極限状態でもかろうじて理性を保っていられるのは、特殊捜査官の強靭《きょうじん》な精神力があるからだ。

しかし、それも限界が近づいていた。

まだ一度も夫に会わせてもらえない。

本当に生きているのか、疑問が湧きあがってくる。考えたくないが、最悪の事態が脳裏を過《よ》ぎることもあった。

（絶対に会えるわ……信じるのよ）

弱気になりそうなとき、胸のうちでそう繰り返している。

自分自身に言い聞かせることで、折れそうな心を繋ぎとめてきた。夫を助けるためなら、なにをされても耐え抜く覚悟だった。

「また来てやったぞ」

鉄製の扉が開き、権藤が地下牢に入ってきた。

「ちょっと目を離した隙に寝てたんじゃないでしょうね？」

麻耶も薄笑いを浮かべながら歩み寄ってくる。どうやら、今度は二人がかりで責めるつもりらしかった。

「ヴァギナか？　アナルか？　どこを可愛がって欲しいか言ってみろ」

権藤が居丈高《いたけだか》に声をかけてくる。

美奈子はせめてもの抵抗とばかりに黙りこんでいた。横たわったまま身動きせずに、そっと睫毛を伏せていく。責められれば、快楽調教を施されている熟れた身体は確実に反応してしまう。それでも、心まで屈するつもりはなかった。

「あら、反抗期かしら？　黙ってないで、なんとか言いなさいよ」

ハイヒールをコツコツと鳴らしながら、麻耶が近づいてくる。そして、すぐ目の前にしゃがみこんだ。

「意地を張っても仕方がないでしょう」

手のひらで頭をそっと撫でられて、耳もとで囁きかけてくる。妙な猫撫で声が逆に不気味だった。

「どうせ、あなたはこの地下牢から出られないんだから、肩の力を抜いて楽にしなさい。一生ここで飼われるなんて幸せね」

麻耶の穏やかだが粘着質な声が頭のなかで反響した。それでも、目を閉じて無反応を装った。

「旦那なら、わたしが面倒を見てあげるから心配しなくていいわよ……ふふふっ」

夫のことを言われたら、軽く聞き流すことはできない。意味深な含み笑いが神経を逆撫でして、心の奥底から反抗心がむくむくと頭をもたげてくる。気づいたときには、鋭い視線でにらみつけていた。

「ずいぶん反抗的な目だな」

横から権藤が口を挟んでくる。相変わらず高圧的な態度で見おろし、片頬をいやらしく吊りあげていた。

「牝奴隷の分際で、楯突くつもりじゃないだろうな」

挑発的な言葉を投げかけられて、元来の気の強さが顔を覗かせる。美奈子は怒りを抑えて静かに口を開いた。

「奴隷になった覚えはないわ」

大人しく従っているのは、夫を救出するチャンスをうかがっているからだ。卑劣な犯罪者たちに隷従を誓ったわけではなかった。

「まだわからないのか。そんな生意気な口をきいてるうちは、旦那に会わせるわけにはいかないな」

これが権藤の常套句《じょうとうく》だ。

──旦那に会いたかったら、大人しく言われたとおりにしろ。

なにかにつけて、そんな言葉を口にした。しかし、まだ一度も会わせてもらったことはなかった。

「もう、その手には乗らない……」

美奈子はコンクリートの床に頰を押しつけたままつぶやいた。夫を脅しの道具に使う卑劣さが許せなかった。

「牝奴隷のくせに、ずいぶん偉そうなことを言うじゃないか」

「なんでもあなたたちの思いどおりになると思ったら間違いよ。牝奴隷になんて絶対にならないわ」

きっぱりと言い放つ。何度犯されようが、どんなに脅されようが、心まで従わせることはできない。たとえ死にも勝る拷問を受けようとも、最後の一線だけは守り抜く覚悟だった。

「気づいていないようだが、おまえはもう牝奴隷になってるんだぞ」

「ふざけないで。もう言いなりにはならない」

「そんなに言うなら、おまえが牝奴隷になったのをわからせてやる」

権藤の目配せで、例によって麻耶が白衣のポケットから注射器を取りだした。

「チクッとするわよ」

てしまった。

腕に注射針が突き刺さり、透明な液体を流しこまれる。またしても、麻薬を打たれ

「くぅっ……」

「こんなことしても無駄よ。わかってるでしょう」

美奈子はあくまでも強気に言い返した。

麻薬の媚薬効果で身体が感じやすくなるのは事実だし、実際に何度も絶頂を味わわされている。それでも、心まで堕《お》ちることはなかった。

「確かに、おまえほど精神力の強い女は初めてだ」

「おかげで何度も楽しめるけどね」

権藤と麻耶が両側から身体をまさぐってくる。美奈子は仰向けにされて、手錠がかかった両腕を頭の上に伸ばされていた。

「好きにすればいいわ」

無駄な抵抗をするつもりはない。体力の落ちている今は、二人を同時に倒すことは不可能だった。

「相変わらず大きなおっぱいね」

麻耶が乳房を揉んでくる。女ならではのやさしい手つきで柔肉を揉みほぐし、先端で揺れる乳首をそっと摘んできた。

「ンっ……」

「もう感じてきちゃったの？」

「そんなはず……」

連日にわたる快楽調教で、身体はすっかり感じやすくなっている。しかも、麻薬がさっそく効きはじめて、全身が火照りはじめていた。

「気持ちよかったら声を出していいのよ」

「絶対にいやっ」

思わず顔を背けると、反対側にいる権藤と目が合った。

「俺は下の方を触ってやるか」

手のひらで臍の周囲を撫でまわされて、指先が徐々に恥丘へと近づいてくる。陰毛の上から柔らかい丘をくすぐられると、身体が勝手にヒクッと反応した。

「うくっ……」

「やっぱり敏感だな。もっと触って欲しいか？」

秘毛越しに縦溝を探り当てると、指先でそろそろとなぞってくる。今にも股間に潜りこんできそうで、内腿を強く閉じてガードした。

「ンンっ……」

下腹部が熱くなっている。内腿を擦り合わせたことで、早くも股間が濡れていることを自覚した。

（やだ……もう……）

麻薬のせいだとわかっている。それでも、牝奴隷と揶揄された直後なので、絶対に知られたくなかった。

「顔が赤くなってるわよ」

麻耶が両手で乳房を揉みしだきながら尋ねてくる。乳首を指の股に挟みこみ、じっくりと捏ねまわしてきた。思わず頭上に伸ばしている両腕を胸もとに引き寄せる。すると、すかさず肘を押し返された。

「あっ……」

「どうかしたの？」

「ど、どうもしないわ……ンンっ」

懸命に平静を装いつづける。しかし、乳首は今にも血を噴きそうなほど充血しており、あからさまに尖り勃《た》っていた。

「ふふっ、こんなに硬くしてるのにがんばっちゃって」

「あうっ……や……」

「美奈子って、意地っ張りで本当に可愛いわ」

ときおり指先で乳首を摘んでは、クリクリと転がしてくる。そのたびに、美奈子は裸体を小刻みに震わせた。

「こっちも触ってやるから脚を開いてみろ」

恥丘をいじりまわしている指先が、股間に入りこもうとする。ぴっちり閉じた内腿の隙間を、つんつんと小突きまわしてきた。

「い、いや……」

「牝奴隷のくせに抵抗するな。脚を開けば気持ちよくなれるんだぞ」

「くっ……牝奴隷にはならないわ」

下腹部が熱くなっているが、絶対に知られたくない。麻薬のせいだとわかっていても、望みどおりに弄ばれるのは悔しすぎた。

しかし、権藤と麻耶は執拗に身体をまさぐってくる。胸を揉まれて乳首をねちっこく転がされ、恥丘を延々と撫でられた。

(ああっ、こんなのって……あなた、どうしたらいいの？)

表面上は強がりながらも、胸のうちで夫に問いかける。

犯罪者たちの愛撫で感じたくない。いくら心でそう思っても、麻薬がまわって火照った身体は、すべての刺激を快感として認識してしまう。触られるほどに嫌悪感がひろがるが、それを凌駕する愉悦の波が全身を包みこんでいた。

「おっぱいが熱くなってきたわ」

「こっちも、もう濡れ濡れなんだろう？」

二人にからかいの言葉をかけられる。認めたくないが、官能の炎が燃えあがっているのは間違いない。下腹部の奥が、どうしようもないほど疼きはじめていた。

「あっ……あぅっ」

脚を開きそうになるのを懸命にこらえる。

今この瞬間、股間を弄《いじ》られたら、あっという間に昇り詰めてしまうだろう。どんなに抗ったところで、最終的には無理やり脚を開かれて犯される。それでも、抵抗をやめる気はなかった。

「あんっ……はあっ」

しかし、もうたまらなくなっているのは事実だった。思わず艶めかしい声が漏れてしまったとき、

（え……な、なに？）

二人の手がすっと離れて、美奈子は汗ばんだ裸体をくねらせた。

「今回はこれくらいにしてやるか」

「よかったわね、美奈子。これで終わりですって」

こんなことは初めてだった。

なにか用事でもあるのだろうか。二人はいきなり愛撫を中断すると、地下牢から出

ていった。

（ちょっと……どういうこと？）

いつもなら、ここからが本番なのに解放された。レイプも覚悟していたのでほっとしているが、なにか釈然としなかった。

しかし、一番の問題は身体の火照りが収まらないことだ。中途半端に燃えあがったところで放置されて、官能の炎が下腹部の奥で燻《くすぶ》りつづけている。麻薬が全身にまわっているので、感度はあがる一方だった。

「はぁ……」

火のような溜め息を漏らし、コンクリートの床の上で裸体を丸めた。

この状態に追いこまれてから、ペニスかディルドウで何度も絶頂を味わわされるのがいつものパターンだった。表面上は嫌がりながらも、そうすることで肉欲を癒されていたのも事実だ。

権藤と麻耶が出ていってから、しばらく経っていた。そして、二人は戻ってくる気配がなかった。

（ああっ、身体が熱い）

無意識のうちに内腿を擦り合わせる。すると、股間の奥でクチュッと微かな蜜音が響いた。

「あンンっ……」

思わず小さな声が漏れて、ひとりで赤面する。

身体は昂ぶりきっていた。麻耶にいじられつづけた乳首は、尖り勃ったままジンジンとしている。権藤の指が這っていた恥丘は、時間の経過とともに熱を孕《はら》んでいくのがわかった。

（たまらないわ……どうして、最後まで……）

レイプを望んでいたわけではないが、ふいにそんなことを考えてしまう。燃えあがらせておいて放置されるのは、地獄のような苦しみだった。

「ううっ……いや……」

肉欲は耐え難いほど膨れあがり、疼く身体を持て余している。もう、これ以上は我慢できそうになかった。

手錠をかけられた両手を、胸の前で小さく握り締めている。手錠と壁のフックを繋げているチェーンは長さがあるので、ある程度は動かすことができた。

（わたし……も、もう……）

両手の親指をそっと立てると、乳房の先端に恐るおそる近づける。尖り勃った乳首に触れた瞬間、快感電流が突き抜けた。

「ああッ！」

たまらず身をよじり、乳房を揺すりたてる。今度は人差し指と親指で、勃起した乳首を摘みあげた。

「はンンッ……い、いいっ」

快感がさらに大きくなり、腰に小刻みな震えが走り抜ける。指先で摘んで転がすだけで、こらえきれない喘ぎ声が迸った。

（こんなこと、いけないのに……）

心ではそう思っているが、欲望は弾けそうになっている。内腿を擦り合わせると、股間の奥で蜜音の弾ける音が大きくなった。

「ああっ、もう、もう……」

もうこれ以上は我慢できない。手錠を嵌《は》められた両手を股間に伸ばしていく。指先が秘毛に触れただけで、切ない喘ぎ声が溢れだした。

身体を横に向けたまま、内腿の間に指を滑りこませる。割れ目は大量の華蜜でぐっしょりと濡れていた。指先でそっとなぞりあげると、それだけで鮮烈な快感がひろがった。

「はンンッ！」

もう指の動きをとめられない。瞬く間に肉の愉悦に流されて、胎児のように丸まった状態で股間をまさぐりつづける。愛蜜でドロドロになった陰唇を、指先で何度も擦りあげた。

「あッ……あッ……こんなことって……」

自慰行為に耽《ふけ》っていても、常に夫のことが頭にある。快感が大きくなるほどに、罪悪感で胸が苦しくなった。

(あなた……わたし、もう……身体が熱いの)

火照りを鎮めるためには昇り詰めるしかない。蕩けた膣口に中指をあてがうと、ゆっくりと沈みこませた。

「はううっ……」

蜜壺が条件反射的に収縮して、指先を強く締めつける。そのまま膣襞を擦ると、腰に痙攣が走り抜けた。

「あッ……ああッ」

一気に昇り詰めるつもりで、指をクチュクチュと抜き差しする。途端に快感の波が押し寄せて、さらに指の動きを加速させた。

「い、いいっ、あああッ、いいっ」

内腿で手を挟みこみ、今にも昇り詰めそうになったときだった。

「なに勝手なことをしてるんだ？」

突然、鉄の扉が開け放たれて、権藤が蔑《さげす》みの笑みを浮かべながら入ってきた。

「い、いやあっ」

その瞬間、顔が燃えるように熱くなった。

慌てて股間から手を抜き、にやつく男に背を向ける。オナニーを見られた羞恥と屈辱で、目の前が真っ赤に染まった。

「身体が疼いて仕方なかったのか？」

からかいの言葉をかけられて、なにも言い返すことができない。恥ずかしさのあまり目を合わせることもできず、ひたすら背中を丸めていた。

「さっきは偉そうなこと言ってたくせに、ひとりになったらオナニーか？　やっぱりおまえは牝奴隷だよ」

ここぞとばかりに責められる。肉欲に負けて、醜態を晒したのは紛れもない事実だ。無我夢中で股間をまさぐり、昇り詰めることしか考えられなかった。

「ひ、ひとりにして……」

消え入りそうな声で懇願する。しかし、悪魔のような男が聞き入れてくれるはずもなかった。

「刑事のくせに敵のアジトでオナニーなんかして、恥ずかしいと思わないのか？」

「やめて……言わないで……」

「淫乱なお前には、お仕置きが必要だな。二度と勝手なことができないようにしてやる」

手下の男たちが五、六人呼ばれて美奈子を取り囲む。拳銃で狙いを定めて抵抗力を奪ってから手錠が外された。そして、両腕を背後にまわされて、あらためて手錠をかけられてしまった。

「これで俺の許可なしにオナニーもできなくなったな」

「うっ……うぅうっ」

屈辱の涙が溢れだす。コンクリートの床に転がされた状態で手も足も出ない。美奈子は情けなく肩を震わせることしかできなかった。

## 2

「お願いだから、放っておいて……」

美奈子は涙声でつぶやき、身をよじった。

「牝奴隷の意見など聞いてない」

権藤は鼻で笑いながら、すぐ隣にしゃがみこんだ。そして、手にしたビーカーに入っている透明な液体を指で掬い、美奈子の股間に塗りつけてきた。

「ひっ……な、なに？」

「この液体には麻薬が溶かしこんであるんだ。こいつをたっぷり塗ってやる」

先ほど注射を打ったばかりだというのに、さらに麻薬の溶液を陰唇に塗りたくられてしまう。濃度が高いのか、液体にぬめりがあるのが不気味だった。

「いや、塗らないで……」

「おまえは黙って従うしかないんだ。今からそれをわからせてやる」

何度も液体を指で掬い、肉唇をなぞってくる。膣のなかにも指が潜りこみ、念入りに塗布されていく。

「はンンっ、い、いや……」

「こいつは効くぞ。処女でも喘ぎ狂うくらいだからな」

権藤は飽きることなく、麻薬溶液を塗りつけてくる。肉唇と膣襞はもちろん、クリトリスにも念入りに擦りこんできた。

「はぁあっ……お、おかしいわ」

「もう熱くなってきたろう。粘膜に塗って直接吸収するから即効性があるんだ」

「ううっ……」

確かに早くも陰唇が熱を帯びている。ジーンと痺れたようになって、肉唇の合わせ目から蜜が滲みだすのがわかった。

（や、やだ……効き目が全然違う）

自慰で絶頂目前だったところを中断させられたことで、肉欲はどうしようもないほど高まっている。そこに麻薬を塗りこめられて、平静でいられるはずがない。胸の鼓動が速くなり、尋常ではない汗が噴きだした。

「あ、熱い……くぅぅっ」

頭のなかまで熱くなっている。官能を揺さぶられて理性が溶けだし、もうなにも考えられない。とにかく、猛烈な勢いで膨張をつづける肉欲を、なんとかして鎮めたかった。

「美奈子、もう欲しくてたまらないんだろう？」

いつの間にか全裸になった権藤が、すぐ隣で仰向けに寝転んでいた。

股間の逸物はすでにいきり勃っており、先端の鈴割れからは透明な汁がじんわりと滲んでいる。いつでも挿入できる態勢を整えた男根は、裸電球の光を浴びて黒光りしていた。

「な……なにを……」

思わずグロテスクな男根を見つめてしまう。あれほど嫌悪していたペニスが、なぜか今はそれほど嫌ではない。むしろ、本能に訴えかけてくるようで、気になって仕方がなかった。

「物欲しそうな目をしてるじゃないか」

「そ、そんなはず……」

そう言いながらも視線を逸らすことができない。無意識のうちにゴクリと生唾を呑みこんでいた。

「またがっていいぞ。自分で挿《い》れるんだ」

「そ、そんな……できない」

無理やり犯されるならまだしも、自分から求めることなどできるはずがない。人妻として、絶対にあってはならないことだった。

「こいつで何回犯られたと思ってるんだ？　今さら一回くらい増えたって、どうってことないだろう」

権藤の声が頭のなかでぐるぐるとまわる。

確かに、あの逞しすぎる男根で、数えきれないほど犯された。そのたびに喘ぎ狂わされて、夫とのセックスでは味わえない絶頂を貪った。

(でも……自分からなんて……)

胸のうちを葛藤が渦巻いていた。

肉体は激しい絶頂を欲して、淫裂から発情の汁を大量に滴らせている。胸が切なくなるほど、硬くて太い男根を求めていた。

「早くまたがるんだ。牝奴隷なら牝奴隷らしくしろ」

強い口調で言われて、美奈子は思わず肩をすくませる。牝奴隷と呼ばれても、もう反論する余裕はない。肉体の疼きは限界まで高まっており、一刻も早くアクメに達したいと願っていた。

「目がとろんとしてるじゃないか。今なら最高の快感を味わえるぞ」

「む、無理よ……」

「そうか、じゃあ俺はまた出ていくぞ。今度は戻ってこないからな。オナニーもできず、耐えられるかな？」

そう言って権藤は体を起こしかける。

「あっ……ま、待って……」

美奈子は思わず悲痛な声で呼びとめていた。またひとりで放置されることを考えたら、黙っていられなかった。

「その気になったのか？」

にらみつけられると、それだけで下腹部が熱くなる。強引に犯されたときの快感を思いだして、嫌でも期待感が膨らんでしまう。

(ううっ、もう我慢できない……)

美奈子は心のなかでつぶやき、後ろ手に拘束された身体をなんとか起こした。

周囲には銃を持った男たちが警戒している。衆人環視のなかで、自ら進んで権藤と繋がらなければならないなんて……。

しかし、肉欲は切迫している。逡巡しながらも男の股間をまたいで、和式トイレで用を足すときのように、足の裏を床についてしゃがみこんだ。

「見ないで……」

屹立《きつりつ》した男根が、股間にツンツンと当たっている。手は使えないので、位置を合わせるために軽くヒップを上下させた。

「あっ、あんっ！」

亀頭の先端が膣口に嵌った。それだけで愛蜜が溢れだし、ペニス全体をしっとりと濡らしていく。

「もうトロトロじゃないか。挿れていいぞ」

またしても権藤が命じてくる。

自分から犯罪者を受け入れるなんて考えられない。それでも、肉体は狂おしいほどにペニスを求めている。もうこれ以上は耐えられず、自らの意志でゆっくりとヒップを落としていく。

「はううっ……は、入っちゃう」

巨大な亀頭が肉唇を押し開き、媚肉を掻きわけながら埋没してくる。

「あっ……あっ……」

両腕は背後で拘束されているので、身体を支えることはできない。男根は圧倒的な存在感で、女壺を瞬く間に埋め尽くしてくる。

「うあっ……あぁっ」

ヒップを完全に落としこみ、股間をぴったりと密着させた。長大な肉柱がすべて収まり、先端が子宮口にまで到達する。内臓を押しあげられるような気がして、自然と顎が跳ねあがった。

(わたし、自分で……)

快感が大きいからこそ、罪悪感がこみあげてくる。

肉欲に負けて、夫以外のペニスを自ら挿入してしまった。すぐさま後悔の念がこみあげてくるが、肉体は歓喜に震えあがっていた。

「あンンっ……い、いや……」

「ふふっ、これが欲しかったんだろう?」

権藤が軽く腰を突きあげてくる。それだけで子宮口が圧迫されて、頭のなかで眩《まばゆ》い火花が飛び散った。

「ひあッ、ダ、ダメっ、動かないで」

「じゃあ、俺は動かないから、おまえが自分で動いてみろ」

「そ、そんな……」

抗議の瞳で見おろすが、早くしろとばかりにヒップをぴしゃりと叩かれた。

「ひンっ……ひどいわ」

いずれにせよ、肉欲は極限まで高まった状態だ。一度昇り詰めなければ、もう治まりがつかない。美奈子は屈辱を噛み締めて、後ろ手に拘束された状態で脚をM字に開き、ゆっくりと腰を前後に振りはじめた。

「ンっ……ンっ……」

足の裏をしっかり床につけた騎乗位だ。陰毛同士がシャリシャリと擦れ合う感触が気色悪い。それでも、女壺内で男根が蠢くと、瞬く間に全身の細胞がざわめき、快楽の波が押し寄せてきた。

「あッ……ああッ……お、大きい」

決して夫のことを忘れたわけではない。むしろ、心のなかで夫の存在が大きくなっている。こうして喘ぎながらも、申し訳ない気持ちでいっぱいだった。

しかし、麻薬によって火をつけられた肉体は、アクメに達することでしか鎮められないと知っている。何度も麻薬を打たれて、権藤たちに犯されてきた。ここまで昂ぶってしまったら、もう昇り詰めるしかなかった。

「はああンッ、い、いいっ」

美奈子は腰の前後運動を速めて、男根をヌプヌプと抜き差しした。自分のペースでできるのなら、屈辱の時間は早く終わらせてしまったほうがいい。一気に昇り詰めようと、ハイペースで腰を振りはじめた。

「ほう、ずいぶん積極的じゃないか」

権藤が余裕の表情で声をかけてくる。美奈子は股間を擦りつけて、ますます腰の振り方を激しくした。

「あああッ、も、もう……もうっ」

もう少しで達すると思った、まさにそのときだった。

「あら、ずいぶん盛りあがってるわね」

鉄の扉が開け放たれて、麻耶が白衣の肩で風を切りながら入ってきた。

さらに、黒ずくめの男たちに囲まれて、拳銃を突きつけられた全裸の男が歩いてくる。うつむいているため顔は見えない。疲弊しきった様子で首を折り、今にも倒れそうなほど足もとがふらついていた。

極端に歩幅が狭いのは、両足首をチェーンで繋がれているためだ。両腕も拘束されているらしく背後にまわしていた。厳重に拘束されているのは、それだけ男を警戒しているということだ。

（えっ！　ま、まさか……）

美奈子は思わず腰の動きをとめていた。

男の髪はボサボサで体は痩せ細っているが、面影は残っている。愛する人の姿を見紛うはずがなかった。

「た……貴也さん」

双眸を潤ませながら呼びかける。涙声で掠れてしまったが、なんとか男の耳に届いたらしい。うつむいていた顔が、ゆっくりと持ちあがった。

無精髭《ぶしょうひげ》を湛えて、頬がげっそりこけている。目は虚ろで落ち窪み、まったく生気が感じられない。まるで別人のようにやつれていた。

「……み……美奈子」

酷く嗄《しゃが》れた声だが、貴也に間違いなかった。

死んだ魚のようだった目に、見るみる光が戻ってくる。しかし、権藤とセックスしている最中だと気づき、疲労の色が濃い顔を引きつらせた。

「な……なにを……なにをしてる？」

「こ、これは、違うの……ああっ、み、見ないでぇっ！」

再会の喜びも束の間、美奈子は絶叫を響かせて身をよじった。

自分の置かれている状況を思いだし、顔が燃えるように熱くなる。ようやく会えたというのに、まさか権藤の上にまたがり、ペニスを埋めこまれている最中だなんて……。

「い、いやっ、こんなの」

慌てて結合を解こうと尻を浮かしかけるが、下から腰をがっしりと摑まれて引き戻された。

「あううッ！」

「せっかく、もう少しでイクところだったんだ。抜くことないだろう」

権藤は凄絶な笑みを浮かべて、美奈子の顔を見つめてくる。この状況を楽しんでい

るのは間違いなかった。

「権藤っ……貴様、よくも……」

貴也の顔に憤怒がひろがっていく。思わず歩み寄ろうとするが、黒ずくめの男たち

が許さない。呆気なくコンクリートの床に引きずり倒された。

「くっ、離せっ、美奈子ぉっ！」

優秀な捜査官である貴也だが、やつれているうえに両手両足を使えない状況ではま

ったく抵抗できない。数人がかりで仰向けに押さえこまれて、悔しげに叫ぶことしか

できなくなった。

「やめてっ、貴也さんにひどいことしないで！」

美奈子は身をくねらせて訴える。後ろ手に拘束されて騎乗位で貫かれながら、夫の

身を案じていた。

「あなたが大人しくしてれば、ひどいことなんてしないわよ」

麻耶が意味深な笑みを浮かべて、貴也のかたわらにしゃがみこんだ。そして、ほっそりとした白い指で、剝きだしになっている胸板をなぞりはじめた。

「さ、触るなっ」

「あら、奥さんの前だとずいぶん強気なのね」

「ふざけるな！」

貴也は強く言い放って身をよじった。

しかし、男たちに押さえられているのでどうにもならない。麻耶の指先は大胸筋を撫でまわして、乳首をチロチロとくすぐった。

「うっ……」

「ふふっ、貴也って乳首が感じやすいのよね」

「や、やめろ、くぅっ、やめるんだ」

途端に貴也の声は弱々しくなってしまう。悔しげな表情で首を左右に振り、諦めたように下唇を嚙み締めた。

「やっぱり感じるのね。薬が効いてきたかしら」

麻耶は硬くなった乳首を指先で転がしながら、貴也と美奈子の顔を交互に見つめてくる。まるで捕らえた獲物を嬲って、苦しむ様を楽しんでいるようだった。

「く、薬って、まさか……」

嫌な予感がして、美奈子は思わず声を震わせた。

「麻薬だよ。おまえと同じ物をあいつにも打ってある。夫婦でお揃いってわけだ」

「そ……そんな」

「男があれを打つと、どうなると思う？　ペニスがギンギンになって、何回射精しても、しばらく勃起が収まらなくなるんだ」

権藤は楽しそうにしゃべりながら、腰をググッと持ちあげる。すると、長大なペニスが女壺の奥まで入りこみ、先端が子宮口を押しあげた。

「はうう ッ……い、いやっ、やめて」

夫が連れてこられたことで動きをとめていたが、熟れた肉体は絶頂寸前まで高まった状態だ。軽く刺激されただけで、またしても官能の炎が揺らめきだす。膣襞が勝手にザワつき、肉柱に絡みつくのがわかった。

「ああッ……」

「すごい締めつけだな。旦那に見られて興奮してるのか？」

「そ、そんなはず……あうッ！」

またしても腰を突きあげられて、恥ずかしい声が漏れてしまう。濡れそぼった粘膜を摩擦されると、全身の細胞を揺さぶられるような快感がひろがった。

「やめて……う、動かないで」

「遠慮するなよ。さっきまで気持ちよさそうに腰を振りまくってたじゃないか」

わざと貴也に聞こえるように言っているのだろう。権藤はにやつきながら、腰の動きをぴたりととめた。

「やれよ。好きなように動いてみろ」

「できない……」

いくらなんでも、愛する夫の前ではつらすぎる。どんなに身体が欲していても、自ら快楽を貪ることなどできなかった。

「さっきはやってたろうが。自分で腰を振って、いやらしい声で喘いで、もうイキそうだったんだろ？」

「いや……もう言わないで」

自分が晒した醜態を思いだし、思わず涙が溢れだしてしまう。夫の気持ちを思うと申し訳なくて、このまま消えてしまいたい気分になった。

「今さら格好つけても仕方ないだろう。こんなに深くまで嵌ってるんだぞ」

腰を小刻みに揺らされて、膣奥の粘膜を擦られる。クチュクチュと湿った音が下腹部で響き、望まない快楽が四肢の先まで伝播した。

「はああッ……し、しないで」

　こんなときなのに感じてしまう自分の身体が信じられない。首を左右に振ってうろたえるが、膣はしっかりと男根を食い締めていた。

「いい反応だ。おまえの本性を旦那に見せてやれ」

　ヒップを抱えこまれて、ゆったりと前後に揺らされる。奥深くまで穿《うが》ちこまれた長大な肉柱が、敏感な粘膜を擦っていた。肉が蕩けるような快感がひろがり、思考がピンク色に染まっていく。もうどうにもならなかった。

「い、いや……ああっ、いや……」

　うわごとのようにつぶやきながら、ついに腰を前後に動かしてしまう。権藤がヒップから手を離しても、自分で腰を揺らしていた。

「あンンっ、こんなの……ああっ、いけないのに……」

　夫に見られていることを忘れた訳ではない。しかし、肉体は狂おしいほどに快楽を求めていた。肉の疼きに耐えきれず、身体は意志を裏切って動いてしまう。膣内を擦られる快感が大きいほどに、腰の動きが大きくなった。

（そんな、貴也さんがいるのに……ああっ、でも……）

　美奈子は葛藤しながらも、肉の愉悦を貪っていた。後ろ手に拘束された不自由な格好で、股間を擦りつけるように前後に揺する。太幹で膣壁を摩擦されて、ハアハアと呼吸を荒らげていた。

「いいぞ、その調子だ。もっと大胆に振ってみろ」

権藤が下から乳房を揉みしだきながら煽りたててくる。尖った乳首を摘まれると、たまらず腰の動きが速くなった。

「ああッ、やめて……あッ、ああッ」

快感が快感を呼び、女壺がキュウッと締まってしまう。すると、ますます刺激が強くなり、腰をくなくなとよじりたてた。

「はああッ、こんなのって……」

頭の芯まで痺れて、急激に現実感が遠のいていく。訳がわからなくなり、愛蜜を垂れ流しながら逞しすぎるペニスを締めつけた。

「み……美奈子」

貴也の悲しげな声が聞こえてくる。

妻のはしたない姿を目の当たりにして、きっと幻滅しているに違いない。

「た、貴也さん……」

虚ろな瞳を向けると、衝撃的な光景が視界に飛びこんできた。

仰向けに押さえられた貴也が、股間の逸物をそそり勃たせている。かたわらには麻耶がしゃがみこみ、肉棒をシコシコと擦りあげていた。

しかも、彼女は白衣を脱ぎ捨てて下着姿になっている。女王様然とした黒いシースルーのブラジャーとパンティ、それにガーターベルトで女体を彩り、蔑みの瞳で貴也のペニスを見おろしていた。

「こんなにおっ勃てちゃって。奥さんが他の男とやってるところを見て、興奮したのね。最低の男だわ」

「うぅっ、やめろ……」

貴也は苦しげな声で訴えるが、ペニスの先端からは透明な汁が溢れている。妻以外の女にしごかれて、感じているのは明らかだった。

麻耶はパンティをおろしてつま先から抜き取ると、貴也の股間にまたがって腰をおろしていく。ハイヒールを履いたままの騎乗位で、あっさりとペニスを咥えこんでいった。

「はああンっ、入っちゃったわ」

「ううっ、み、美奈子……すまん」

すぐ目の前で、愛する夫が自分以外の女とセックスしている。そして、自分も夫以外の男のペニスを受け入れていた。

「もうやめて……こんなのひどすぎる……」

頭が割れるように痛い。悪夢のような現実が、美奈子の精神を確実に蝕《むしば》んでいた。

「ずいぶん小さいチ×ポだな。俺のを知ったら、情けなく見えるだろう」

権藤が小馬鹿にしながら、腰をぐんっと突きあげてくる。亀頭が子宮口に当たり、鮮烈な快感が脳天まで駆け抜けた。

「はうぅッ！　い、いやっ、もういやっ」

「口ではいやがっても、腰を振ってるじゃないか。やっぱり俺のでかいチ×ポのほうがいいんだな」

長大なペニスは確かに美奈子のなかで存在感を放っている。夫では届かなかった場所まで埋め尽くされて、膣口も限界までひろげられていた。

このペニスで犯されると、自分が女であることを嫌というほど自覚させられる。とにかく圧倒的な迫力で、強引にオルガスムスを味わわされてしまう。獰猛《どうもう》な牡に屈服させられる敗北感は、癖になるような甘い陶酔を秘めていた。

「あッ……あッ……ダ、ダメっ」

もう腰の動きをとめられない。美奈子は視界の隅に夫の姿を捕らえながら、腰を上下に振りはじめた。膝を軽く屈伸させて、ペニスをヌプヌプと出し入れさせる。すると、膣襞が溶けてしまいそうな快感が押し寄せてきた。

「美奈子、見て。あなたの旦那、もうすぐイッちゃいそうよ」

麻耶が息を乱して、嬉しそうに声をかけてくる。腰を激しく上下に振り、貴也のペニスを猛烈にしごきあげていた。

「くおッ、や、やめろ、そんなにされたら……」

「気持ちいいんでしょう？　いつもは、もっとしてくれっておねだりするくせに」

二人の関係は、今にはじまったことではないらしい。

美奈子が麻薬を打たれて権藤に犯されていたように、貴也も麻耶の玩具《おもちゃ》にされていた。夫婦で囚われの身となり、それぞれ犯罪者の性の奴隷にされていたのだ。

「奥さんの前だから遠慮してるのね」

「ち、違うぞ……俺は、無理やり……」

「こんなに勃起させといて、言いわけ？　なおさら苛めたくなっちゃった」

麻耶はブラジャーを取って乳房を剝きだしにすると、腰の振り方をさらに激しくする。ヒップをバウンドさせて、ペニスを思いきりねぶりあげた。

「ぬううッ、や、やめろっ」

「ああンっ、大きくなったわ」

「ま、待て……ううッ、待ってくれ」

呻きながらも、貴也は腰を迫りあげている。横顔を苦悶に歪めているが、目もとにはこらえきれない歓喜の色が浮かんでいた。

「イクのね、いいわ、出して、ああッ、わたしも……」

「おおッ、も、もうダメだ……で、出るっ、おおおッ、ぬおおおおッ！」

「はああッ、いいっ、貴也、もっと出しなさい、わたしのなかに、あああッ、イックううぅッ！」

貴也が中出しすると同時に、麻耶が下腹部を波打たせて昇り詰めていく。深く繋がったまま、ねちねちと股間を擦り合わせていた。

「ひ、ひどいわ……あんまりよ」

我が目を疑う光景だった。美奈子は涙を流しながら腰を振っていた。

「こんなのって……あッ……ああッ」

悲しみを押し流すように、股間から強烈な快楽が湧きあがってくる。嫌なことをすべて忘れたくて、ヒップを上下に振りたくった。

「おいおい、旦那が驚いてるぞ」

「い、いや……言わないで……ああぁッ」

もう貴也の顔を見ることはできない。それでも、視線はしっかり感じていた。

「くぉっ、締まってるぞ。いいのか、旦那の前でそんなに腰を振っても」

「ウ、ウソ……こんなのウソよ……」

監禁されて、麻薬を打たれて、目の前で夫を寝取られて……。

もう限界だった。これ以上は耐えられない。頭が破裂してしまいそうだ。とにかく、膨れあがった肉欲を鎮めたくて、本能のままに腰を振りたてた。

「あッ……ああッ……」

ヒップを男の股間に打ちおろすたび、亀頭の先端が子宮口をノックする。頭のなかでピンク色の火花が飛び散り、たまらず背筋が大きく仰け反った。

「はううッ、い、いいっ、あああッ、いいっ」

「ようし、出してやる、もっと腰を振ってみろ！」

権藤の声に煽られて、美奈子は汚辱の涙を流しながらヒップを振りまくる。夫よりも遥かに大きなペニスを咥えこみ、なにも考えずに快楽だけを追い求めた。

「ああッ、も、もうっ……あああッ、もうっ」

「いいぞ、俺といっしょにイクんだ……おおおッ、ぬおおおおおおッ！」

子宮口に密着した亀頭が大きく膨らみ、先端から煮えたぎったザーメンが噴きあがる。夫の目の前で中出しされて、敏感な粘膜を灼《や》きつくされた。

「いやあっ、お願い、あなた見ないで、あああッ、い、いいっ、もうダメっ、イクっ、イッちゃうっ、はあああッ、イクイクううッ！」

全身をぶるぶると震わせながら、背徳感にまみれたアクメに昇り詰める。腰が意志とは無関係にくねり、下腹部が艶めかしく波打った。極太のペニスを締めつけて、唇の端から透明な涎をツツーッと滴らせた。

美奈子は糸が切れたように、男の胸板に倒れこんだ。呆《ほう》けた横顔を晒して、全身を小刻みに痙攣させていた。

「旦那さんの前でイッた気分はどう？」

「そりゃあ、最高に決まってるだろう」

麻耶がからかうように尋ねてくると、権藤がおどけた様子で勝手に答える。そして、二人は目を見合わせて高笑いを響かせた。

捜査官の夫婦を徹底的に嬲り抜き、完膚《かんぷ》無きまでに叩きのめしたのだ。完勝とも言える内容に満足して、ますます嗜虐《しぎやく》性を露わにした。

「貴也のことはわたしが一生飼ってあげる。いい男を犯すのが大好きなの。でも、反抗したら拷問にかけて嬲り殺すわよ」

「美奈子は俺の牝奴隷にしてやる。ただし、飽きたらオークションに出品するから、そのつもりでしっかり奉仕するんだぞ」

二人とも勝手なことを口走っている。しかし、単なる脅しではない。この二人は人間の皮を被った悪魔だ。いざとなれば、たとえ捜査官でも躊躇《ちゆうちよ》することなく殺すだろう。

「み……美奈子……すまない」

貴也の打ちのめされた声が聞こえてくる。美奈子は騎乗位で繋がったまま、ゆっくりと顔を向けた。

「た、貴也さん……」

目が合った途端に涙が溢れてとまらなくなる。胸にあるのは絶望だけだ。生きながらにして地獄に堕とされた気分だった。

## 3

ピチャッ、ピチャッ――。

地下牢に湿った音が響き渡っている。

夫と再会した数日後、美奈子はコンクリートの床にひざまずき、ベッドに腰掛けた権藤の股間に顔を埋めていた。

「はンっ……あふぅっ」

そびえ勃つ肉柱に両手を沿えて、伸ばした舌で裏筋を舐めあげる。陰嚢《いんのう》もぱっくりと咥えこみ、双つの玉を口のなかでやさしく転がした。

全裸で首には黒革製の首輪を嵌められている。手足は拘束されていないが、首輪にはチェーンが繋がっており壁のフックに固定されていた。毎日、麻薬を打たれて、もう快楽を追い求めることしか考えられなかった。

(ああっ、大きい……)

玉をしゃぶりながら、肉竿《にくざお》に巻きつけた指を愛《いと》おしげにスライドさせた。

バットのような太さと鉄のような硬さにうっとりする。麻薬の影響でぼんやりした頭には、ピンク色の靄が立ち籠めていた。

もう逃げようとは思わない。仮に反抗しようにも、連日にわたる調教で疲労が蓄積している。身体に力が入らず、とてもではないが戦える状態ではなかった。

貴也と麻耶の交合を見せつけられて、美奈子も夫の前で犯された。はしたなく腰を振り、よがり泣く姿を目撃されてしまった。

人間の心というのは脆《もろ》くて壊れやすいものだ。

しかし、自分がこれほど弱いとは思わなかった。激しいショックを受けて、一気に快楽に流された。心が逃げ場所を求めていたのかもしれない。とにかく、どす黒い快楽に浸っている間は、なにも考えなくてよかった。

いつしか、権藤の言いなりになって、それが当たり前になっていた。今は夫のことより、この太くて長いペニスに夢中だった。

「ンふっ……はふンっ」

陰嚢がふやけるほどしゃぶりまわし、再び裏筋をねっとりと舐めあげる。縫い目をくすぐるように、舌先が触れるか触れないかの微妙なタッチを心がけた。

「いいぞ、ずいぶん上達したじゃないか」

権藤も全裸で、大きく股を開いてベッドに座っている。そして、一心不乱にペニスをしゃぶる美奈子を、満足そうに見おろしていた。

地下牢にいるのは権藤と美奈子の二人だけだ。

もはや、拳銃を持った男たちの姿はない。美奈子の調教が進み、もう危険はないと判断された結果だった。それに権藤は二人きりでのプレイを好んだ。そのほうがお互い遠慮なく燃えあがれる、というのが持論だった。

実際、二人だけで抱かれるようになって、権藤のペニスは逞しさを増したように思う。美奈子も以前より感じ方が激しくなり、オルガスムスと同時に気を失うことさえあった。

「はむっ……ンっ……ンンっ」

美奈子は顔を傾けると、フルートを吹くように肉胴をぱくりと咥える。そして、男が悦ぶように、ゆっくりと唇を滑らせた。

「うぅっ、たまらん」

快楽の呻きが聞こえると、自然と口腔奉仕に熱が入った。

感じさせれば感じさせるほど、この後の本番で激しく突いてもらえる。失神するほどの快楽を与えてもらって、すっかり癖になってしまった。麻薬で疼いた肉体を、長大な肉柱で貫かれるのは最高だ。それが、地下牢で飼われる生活の唯一の楽しみでもあった。

美奈子は自分が牝奴隷になったことを自覚していた。

「あむううっ」

亀頭に吐息を吹きかけながら唇を被せていく。巨大な肉の実を口腔粘膜で包みこんで、肉胴を唇で締めつける。口内で飴玉をしゃぶるように舐めまわし、ゆったりと首を振りはじめた。

「奥まで咥えてみろ……おおっ」

「ンぐっ……ンぐううっ」

亀頭が喉の奥に嵌りこむディープスロートだ。息苦しくて嘔吐感をともなうが、これで権藤が悦ぶのならいくらでも我慢できた。

「ンっ……ンンっ……」

頬がぼっこり窪むほど肉柱を吸引する。さらに首を振りたてると、亀頭の鈴割れから大量のカウパー汁が溢れだした。

「もっと……もっと大きくしてください」

男根を吐きだし、乳房の谷間にしっかりと挟みこむ。柔肉のなかに肉柱を埋没させた状態で、身体を上下に揺すりあげた。

「おおっ、パイズリか」

権藤が快楽の呻きを漏らして、腰をぶるっと震わせる。すると、ペニスがひとまわり大きくなり、先走り液が大量に溢れだした。

「あンっ、すごい……」

美奈子はパイズリをしながら亀頭の先端に吸いつき、透明な汁を啜りあげる。すると、口内に苦みがひろがり、股間の奥がクチュッと潤んだ。

「あの美奈子が、ここまで堕ちるとはな」

権藤が目を細めて、黒髪をそっと撫でてくる。女捜査官が従順になったことで、達成感に浸っているようだった。

「よし、そろそろ挿れてやる」

権藤はパイプベッドの上で仰向けになると、騎乗位で繋がるように命じてきた。

「失礼します」

首輪に繋がったチェーンをジャラッと鳴らしながら、美奈子は男の股間にまたがった。天を衝く勢いの屹立に手を添えて、ゆっくりと腰を落としていく。

「あっ……」

ペニスの先端が触れた瞬間、肉唇がイソギンチャクのように蠢きだす。意志を持った生物のように亀頭に吸いつき、内側に溜まっていた愛蜜がどっと溢れた。

「ふふっ、アソコが物欲しそうにヒクついてるじゃないか」

「言わないでください……ああンっ」

両膝をシーツについた騎乗位で、逞しすぎるペニスを咥えこむ。肉唇を内側に巻きこみながら、瞬く間に太幹を根元まで挿入した。

「ああっ……やっぱり大きい」

この巨根にすっかり慣らされてしまった。自ら体重を浴びせかけて、子宮口を圧迫する亀頭の感触を堪能する。甘くて重苦しい快感が、下腹部全体にひろがった。

「はンンっ……」

「好きなように動いていいぞ」

権藤にとっても慣れ親しんだ媚肉だ。安心しきった表情で大の字になっている。美奈子に腰を振らせて、肉の快楽を享受するつもりなのだろう。

「あっ……あっ……」

まずはヒップを前後に揺り動かす。ヒップを完全に落としこんだまま、陰毛を擦りつけるように腰から下だけをスライドさせた。

「おおっ、いい腰つきだ」

「ああンっ、奥まで来てる、はああンっ」

男の胸板に両手をつき、極太の男根を締めつける。さらに円を描くように腰をまわすと、膣壁がまんべんなく擦りあげられた。

「ああっ、い、いいっ、すぐダメになっちゃいそう」

「まだイクなよ、俺が出すと同時にイクんだ」

「は、はい……あああっ」

喘ぎながら見おろすと、権藤も顔を真っ赤にして歯を食い縛っている。感じているのは明らかで、早くも腰を小刻みに震わせていた。

「どうやら、俺たちは相性がいいみたいだな。旦那のことなんて、もうとっくに忘れたんじゃないのか？」

「あああッ、も、もうっ」

あられもない喘ぎ声が迸る。腰の動きを上下動に切り替えたことで、快感が一気に跳ねあがった。

「あッ……あッ……」

両手の指先で男の乳首をクリクリと刺激しながら、ヒップをリズミカルにバウンドさせる。長大な肉柱を抜き差しして、二人同時に昂ぶっていく。

「おおッ……ぬおおッ……は、激しいな」

「だ、だって……あああッ……あああッ」

両膝と太腿で男の腰をしっかりと挟みこみ、女壷を思いきり収縮させる。尻たぶに力をこめて、男根をこれでもかと締めあげた。

「し、締まるっ……うぬぬぬッ」

「あぁッ、いいっ、気持ちいいっ、はあああッ」

愛蜜が次から次へと湧きだし、股間はお漏らしをしたような状態だ。コンクリートの壁に、淫らな蜜音と喘ぎ声が響き渡る。頭の芯がジーンと痺れて、もうなにも考えられなくなった。

「はああッ、イキそうっ、あああッ、もうイッちゃうっ」

「よおし、出すぞっ、俺といっしょに……ぬううッ、ぬおおおおッ！」

「あああッ、すごいっ、はああッ、い、いいっ、もうダメっ、イクっ、イクイクっ、あぁあああああああッ！」

女壺の奥に熱い迸りを受けると同時に全身がカッと燃えあがり、美奈子もたまらなくなってアクメに昇り詰める。ペニスを根元まで呑みこみ、無意識のうちに思いきり締めあげた。

「うおおッ、まだ出るぞっ、くおおおッ！」

「ああッ、またっ……あああッ、またイッちゃううッ！」

凄まじい快感だった。背骨が折れそうなほど仰け反り、裸身をビクビクと震わせながら立てつづけに絶頂する。ふっと意識が薄れて、男の胸板に倒れこんだ。

権藤は目を閉じて息を荒らげている。射精の余韻に浸っているのだろう、膣内に埋まったままのペニスはまだ微かに痙攣していた。

アクメを貪った直後で、恍惚と虚脱感が全身にひろがっている。

うっとり瞳を閉じていると、意識が暗闇のなかに落ちていくような気がした。このまま眠ってしまおうと思ったそのときだった。

「昨日、おまえの旦那が暴れて大変だったらしいぞ」

権藤がぽつりとつぶやいた。

「脱出しようとしてな。まあ、すぐに大人しくさせてやったがな」

この男にとっては、ただの雑談に過ぎないだろう。しかし、美奈子にとっては衝撃的な事実だった。

(貴也さん、まだ……)

自分はほとんど諦めていたのに、夫はいまだに戦いつづけていたのだ。

意識が完全に途切れる寸前、美奈子は気力を振り絞って双眸をカッと見開いた。絶頂に達したことで、麻薬の効果が若干薄れている。意識を集中することで、頭のなかに立ち籠めていたピンク色の靄がサーッと晴れていった。

首輪から伸びているチェーンを摑み、素早く男の首に巻きつける。そして、力まかせに絞めあげた。

「うぐっ！　お、おまえ……」

権藤が目を剝き、両手を伸ばしてくる。髪の毛を鷲掴みにされるが、それでも美奈子は力を緩めなかった。

「絶対に許さない」

体力は落ちていても、チェーンを使えば戦える。全力で絞めつづけると、権藤は泡を吹いて失神した。

愛する人を救いたい一心だった。

理性が完全に崩壊する寸前まで追いこまれていた。しかし、ギリギリのところで踏みとどまった。

脱ぎ捨ててある権藤の服を探ると、首輪の鍵を発見した。

首輪を外してようやく自由の身になり、慎重に廊下の様子を確認する。敵は油断しきっており、警備を置いていなかった。美奈子は全裸のまま飛び出し、廊下を挟んだ向かいにある地下牢の扉を開けた。

パイプベッドに全裸で縛りつけられた貴也の股間に、やはり全裸の麻耶がまたがっている。昇り詰める寸前なのか、激しく腰を振りたてていた。

「み、美奈子っ、どうして？」

麻耶が驚愕に瞳を見開いた直後、美奈子は瞬間的にダッシュして、渾身の飛び膝蹴りを顎に叩きこんだ。

体力が低下しているとはいえ、完全に無防備な女を倒すことなど訳はない。麻耶は一撃で白目を剝いて昏倒した。

「み、美奈子……お、おまえ……」

貴也はまだ正気を保っている。今はそれだけで充分だ。

「話は後、とにかく逃げるわよ」

夫の四肢を縛りつけている縄を解くと、二人はひしと抱き合った。

そして、美奈子は麻耶のスカートとブラウスを、貴也は権藤のスラックスとワイシャツを着て、山頂の施設から脱出を計った。

表は暗く、頼りになるのは月明かりだけだ。それでも二人は必死で走った。

麓の村の住民は、GH化学薬品株式会社の協力者だと思ったほうがいい。他の町に逃げる必要があり、山の裏手にまわりこんだ。

「よし、ここをまっすぐ行けば隣町だ」

貴也の声に頷いたとき、銃声が響き渡った。

「ぐあッ！」

「た、貴也さんっ」

狙撃だ。美奈子はすかさず頭をさげると、倒れている貴也に這い寄った。

「近いぞ、油断するな」

太腿を撃たれて血を流しながらも、貴也は冷静さを失っていない。美奈子の肩越しに、敵の姿を捕らえていた。

「後ろだ」

夫の囁く声で、美奈子は背後に神経を集中させる。雑草を踏む足音から距離を測り、一か八かの後ろ蹴りを繰り出した。

「うぐぅッ！」

当たりは浅かったが敵の腹部に命中して、小さな呻き声があがる。それとほぼ同時に、貴也が力を振り絞って飛びかかった。揉み合いながら狙撃犯の背後を取り、一瞬にして首を絞めあげて気絶させた。

月明かりに照らされた顔は小田島だった。警察の風上にも置けない男だ。警察組織を裏切った者には、厳しい処分がくだされるであろう。

「ううッ……」

貴也が苦しげに顔を歪めた。傷口からの出血が激しくなっている。美奈子はブラウスの袖を引き千切って止血を施した。

「わたしが背負って山をおりるわ」

「ダメだ。美奈子ひとりで逃げるんだ」

「そんなことできないわ」

思わず声を震わせるが、貴也は頑として受け入れなかった。

「二人とも囚われてしまったら、今度こそ逃げられなくなる。わかるな？」

美奈子はなにも言い返せなくなってしまう。

こういったケースの場合、特殊捜査官の選択肢はひとつしかない。しかし、今の貴也は相棒ではなく、愛する夫だった。

「そんな、貴也さん……」

「迷っている時間はない。行け！」

夫ではなく、かつての頼れる先輩の顔になっていた。

貴也が心を鬼にしているのが伝わってくる。だからこそ、美奈子は葛藤の末、逃げることを選択した。

「必ず助けに戻るわ」

熱い視線を交わすと背中を向ける。

もう振り返らない。夜の山を疾走する。追っ手を警戒して、森のなかをジグザクに走りつづけた。

愛する人を助けるために必死だった。何時間経ったのだろう。ふらふらになってようやく森を抜けると、眼下に街がひろがっていた。

ちょうど日が昇り、眩い光が家々の屋根を照らしていく。

美奈子は全身に日の光を浴びた。疲弊しきった身体に力が漲っていくようだ。それは、あたかも希望の光のように感じられた。

（了）

※本書は二〇一三年九月に刊行された
竹書房ラブロマン文庫『人妻捜査官
—けがされた熟肌—』の新装版です。

※本作品はフィクションです。作品内に登場する団体、
人物、地域等は実在のものとは関係ありません。

長編官能小説
人妻捜査官《ひとづまそうさかん》 けがされた熟肌《うれはだ》
〈新装版〉

2022年11月28日 初版第一刷発行

著者…………………………………………… 甲斐冬馬

ブックデザイン……………… 橋元浩明（sowhat.Inc.）

発行人……………………………………後藤明信

発行所……………………………………株式会社竹書房

〒102-0075 東京都千代田区三番町８－１

三番町東急ビル６Ｆ

email：info@takeshobo.co.jp

http://www.takeshobo.co.jp

印刷所………………………… 中央精版印刷株式会社

定価はカバーに表示してあります。

本書掲載の写真、イラスト、記事の無断転載を禁じます。

落丁・乱丁があった場合は、furyo@takeshobo.co.jpまでメールにてお問い合わせ下さい。

本書は品質保持のため、予告なく変更や訂正を加える場合があります。